Philippe Delerm

Sundborn
ou
les jours
de lumière

Gallimard

J'aime mieux regarder que penser.

SOREN KROYER

Chaque animal torture et dévore l'autre, la fleur étrangle et tue l'autre fleur... Tu t'es réjoui pendant des années de nommer quelqu'un ton meilleur ami, et il se retourne contre toi, c'est diabolique ! On ne cesse de se demander pourquoi. Pourquoi toutes ces horreurs ? Et pendant ce temps, des nuages passent dans le ciel...

CARL LARSSON, *Du côté du soleil*

Falun, le 24 janvier 1919.
Karin Larsson à Ulrik Tercier.

Très cher Ulrik,
Depuis combien de temps ne vous ai-je écrit ?
Et pourquoi prendre la plume seulement pour
une si triste nouvelle ? Mais il en est ainsi. Vous
êtes le premier à qui j'ai envie d'adresser ces
mots qui me semblent improbables : Carl est
mort.
Cela s'est fait tout doucement, avant-hier au
soir. Suzanne était au piano, et chantait. Carl
l'écoutait avec un air penché que j'ai pris
d'abord pour de la mélancolie. Mais bientôt
il s'est plaint d'une violente migraine. Il m'a
fait signe de ne déranger personne, est parti
se coucher. Quand je l'ai rejoint dans la
chambre... Voilà. Suzanne chantait encore,
et de longs pétales de neige tombaient sur les
toits de Falun.

C'est peut-être aussi à cause de Suzanne que j'ai tout de suite pensé à vous, Ulrik. Vous souvenez-vous ? Je l'attendais, lors de cette fameuse soirée de l'été 1884 à Grez-sur-Loing. Comme nous étions gais ! Et bien sûr, c'est Carl qui menait la danse. Il était heureux, alors. Depuis, il est resté l'homme qui voulait croire au bonheur, ce qui n'est pas tout à fait la même chose. Mais je peux vous assurer qu'il a vécu ainsi jusqu'à son dernier souffle. Pourtant, son humeur s'était bien assombrie ces dernières années. Cette horrible guerre que votre pays a traversée était à ses yeux le signe d'une fatalité, de la disparition sans doute irrémédiable de ce qu'il avait cherché, de ce que nous avions tous cherché dans la peinture et dans la vie.

Tous. C'est le sentiment qui me vient aujourd'hui, et qui me pousse à vous écrire. Même si le destin nous a séparés, je vois mieux à présent combien nous étions ensemble. Carl, et Soren Kroyer, et vous, Ulrik, et moi, comme ce soir de juin 84 à Grez, Anna et Michael Ancher, et Marie Kroyer, et Julia, bien sûr. Vous et moi, nous ne pourrons jamais oublier Julia. Combien d'ombres déjà sur nos routes de lumière !

Il y aura eu des hommes et des femmes pour croire ensemble que le bonheur était le seul enjeu, le seul risque à courir, la seule réponse à donner à toute cette barbarie qui vient de déferler sur le début du siècle. Il en restera des tableaux, et à travers eux une façon de vivre et d'aimer la vie.

Et vous, Ulrik, vous qui avez partagé toute cette quête, vous qui avez vécu l'essence de ces toiles sans jamais peindre vous-même, vous qui nous avez tous si bien connus, peut-être le moment est-il venu de témoigner de notre aventure — d'autres l'ont déjà fait si faussement, avec une telle acrimonie, et je ne parle pas seulement de Strindberg. Je crois que tout cela avait un sens, et votre présence à nos côtés...

Bien sûr, les tableaux parlent d'eux-mêmes. Mais vous savez ce que cette peinture avait de différent. Sur la plage de Skagen ou dans le jardin de Sundborn, nous voulions arrêter la vie, la lumière. Mais nous voulions vivre aussi, et vivre ensemble, toucher le bonheur au présent. Peut-être était-ce trop demander. Peut-être. Mais c'était là tout le secret de notre passage sur la terre. Si l'on ne comprend pas cela, je crains fort que l'on ne se méprenne sur le sens à donner à cet art qui n'était surtout pas de l'art pour l'art, mais un art pour vivre, un art pour être et rendre heureux.

Et puis il y a toutes ces blessures, que vous êtes sans doute le seul à connaître aussi bien, toutes ces blessures qui ne sont que l'envers du bonheur, et qu'il faut dire aussi...

J'ai conscience de ce que ma lettre peut avoir d'un peu étrange, mais je sais qu'elle trouvera en

13

vous un écho. À Grez déjà, vous sembliez un peu en retrait, un peu spectateur de notre histoire. Mais les années qui ont suivi m'ont appris avec quelle intensité vous l'avez vécue de l'intérieur. Le moment n'est-il pas venu d'en faire quelque chose ?

Ici, en Suède, je ne sais trop ce qu'il adviendra de l'œuvre de Carl Larsson. Les albums intimistes sur notre maison l'ont rendue célèbre, mais qu'en sera-t-il dans quelques années ? Pour ma part, j'ai fait ce que j'ai pu, au point d'abdiquer toute création personnelle. Et aujourd'hui, je n'ai plus envie de me battre pour cela. Qu'on me laisse vivre simplement le chagrin qui commence...

Nous reverrons-nous ? Je ne sais. Mais je sais que nous resterons ensemble, avec Carl, avec Julia et tous les autres, avec ces rires clairs qui résonnaient sur les eaux du Loing, un soir, il y a si longtemps...

Je vous embrasse,

Karin.

Grez-sur-Loing, le 24 juin 1884.

Sous le marronnier, on a sorti les tables de café. Une lumière de tisane filtre entre les branches. Par les fenêtres ouvertes, on entend dans l'hôtel le bruit des assiettes entrechoquées, le heurt plus sourd du broc contre la pierre de l'évier, des rires et des jurons. Justine pousse un cri effarouché, et l'on devine que François, le valet de chambre, vient de l'asperger. La poussière presque blanche de la cour vole au moindre souffle, danse et blondit dans les rais de soleil. Devant moi le pot à eau, un verre de sirop d'orgeat. Cette odeur d'amande douce à la première gorgée, cette sensation de boire le calme de l'après-midi tout entier, la paix des jardins ensilencés, le village enclos dans ses rites minuscules.

Une voix plus grave monte soudain du salon ourlé de vigne vierge, suivie d'une autre pareillement rauque et enjouée :

— Bon sang, Larsson, si vous n'arrêtez pas de remuer, comment voulez-vous que je fixe votre profil pour la postérité ?

— À quoi bon insister, Kroyer, vous n'avez aucun talent ! Et puis je vois trop ce qui vous intéresse dans mon noble visage ! C'est « le côté suédois », mon air de paysan du Nord que vous voulez croquer, chien de Danois !

Amusé, je me lève et m'approche de la croisée. Le salon de l'hôtel Chevillon est si sombre avec ses murs lambrissés que seule une flèche de soleil vient éclairer. Depuis que Soren Kroyer est arrivé, Carl Larsson semble déchaîné. Je le vois quitter sans vergogne la chaise où il faisait mine de poser, sous la suspension d'opaline vert pâle. Il s'approche de Kroyer, le pousse ostensiblement pour contempler la toile avec une grimace énigmatique. Puis il arrache le pinceau des mains de Soren, et commence à rectifier son portrait par petites touches, avec une délicatesse outrée, bouffonne.

— Mon cher Kroyer, pourquoi tant tergiverser devant le ridicule de mon appendice nasal ? Votre tableau le rend presque noble. Ne le trouvez-vous pas plus ressemblant ainsi ?

Un instant éberlué, Soren Kroyer voit son œuvre réduite en quelques instants à une caricature grotesque. Ce petit nez de pantin que Larsson vient de peindre comme une virgule semble tout à fait accordé à cette humeur joviale qui

16

s'abat à chaque instant sur les pensionnaires de l'hôtel. Le regard de Kroyer prend maintenant une fixité menaçante. Les narines palpitantes, il marche sur Larsson, fait mine de lever la main sur lui. Bientôt, les deux hommes se lancent dans une poursuite effrénée, ponctuée de cris de Sioux.

Je les vois dévaler la pelouse dans le contre-jour. Ils courent sous les tilleuls, silhouettes légères, Larsson tout en sombre, Kroyer tout en blanc. Ils s'esquivent autour des troncs. Alertée par leurs hurlements, Karin est sortie sur le balcon du petit pavillon, et les regarde en hochant la tête, souriante et moqueuse. Ils grimpent à présent sur la terrasse de plaisir, se faufilent parmi les tables et les chaises vert foncé, gagnent le bord de la rivière. Larsson saute dans une barque, mais, avant qu'il n'ait pu saisir les rames, Kroyer est sur lui, et ils s'abattent tous deux dans l'embarcation, enlacés dans une lutte simulée d'où fusent aussitôt des rires, des aspersions d'eau fraîche sur le clapotis de la barque secouée en tous sens. Quand ils se relèvent enfin, s'extraient du bateau en mimant la chute à chaque pas, tout le monde dans l'hôtel, qui sur le seuil d'une porte, qui à une fenêtre, est apparu pour voir d'où pouvait bien venir tout ce tumulte. Mais chacun sait que Carl Larsson y est pour quelque chose. Il a rencontré son alter ego avec ce Soren Kroyer, installé chez les Chevillon depuis huit jours seulement, et qui s'est aussitôt senti comme chez lui dans cette atmosphère étonnante ! Depuis le début du mois de juin, chaque jour est une fête, et les peintres scandinaves n'en finissent plus de saluer en fantaisie le retour des beaux jours. Il y a là Karin, bien sûr, qui attend la naissance de son premier enfant pour le mois d'août, mais peint autant que Carl chaque matin. Il y a les Norvégiens, Christian Krohg et Christian Skredsvig. Il y a évidemment Karl Nordström, qui a fait découvrir Grez à Carl Larsson. Tous n'en finissent pas de peindre le potager de la mère Morot, le champ du père Martin, les bords du Loing surtout, avec tous leurs petits lavoirs. Et puis il y a l'écrivain August Strindberg, installé à la pension Laurent avec son épouse, et qui rédige un livre sur les paysans français.

Tous sont là, sourire aux lèvres, avec M. et Mme Chevillon, avec Justine et François, et même la vieille femme de chambre Léonie, malgré sa surdité. Tous regardent cet étrange couple remonter bras dessus bras dessous la pelouse avec une feinte ébriété qui ne doit rien à l'alcool — mais plutôt au seul enivrement du soleil, de l'amitié, d'une promesse de soirée longue, dans l'odeur entêtante du bord de la rivière. Carl Larsson avec son pantalon trop large, un petit gilet qui laisse voir ses bretelles, et sur la tête le grand chapeau blanc qu'il a chipé à

Soren. Kroyer est plus élégant, avec sa veste et ses knickers blancs. Ses hautes chaussettes accusent une prestance vaguement ironique, soulignée par le bandeau d'étoffe noire qui lui ceint la taille — comme s'il se moquait de sa propre recherche. Le Danois semble aussi un peu plus mince, nettement plus soucieux de son aspect physique. Mais tous deux ont un vague air de famille, à cause sans doute des reflets roux qui dominent dans leur chevelure et dans leur barbe — à cause aussi des lorgnons qu'ils viennent de chausser tous deux avec un parallélisme comique, pour mieux contempler leurs spectateurs. Carl s'arrête à présent sous la pergola enrubannée de glycine, et lève la main pour réclamer l'attention — un geste auquel les pensionnaires de l'hôtel Chevillon sont accoutumés depuis longtemps : il y a eu tant de toasts et de déclarations officielles !

— Mes amis ! commence Carl, la plupart d'entre vous ont encore en mémoire la fête extraordinaire qui eut lieu ici même l'an dernier pour fêter notre mariage. Karin et moi-même, nous n'oublierons jamais que nous nous sommes rencontrés sur le pont aux sept arches de la bienheureuse commune de Grez-sur-Loing ! Toute une année passée ici, grâce à la patience et à l'amitié de nos hôtes — ici, Larsson s'incline vers les Chevillon — nos hôtes exceptionnels qui n'ont pas cessé de

19

nous dorloter, alors même que notre peinture ne se vendait guère, toute une année passée ici, dis-je, n'a fait que renforcer notre amour pour cette cité élue par les artistes scandinaves. Il y a eu au printemps mon succès inespéré au Salon de Paris, il y a aujourd'hui la présence de mes amis Strindberg et Kroyer. Il y a enfin la venue promise de notre premier enfant. Tout cela, je veux le célébrer avec vous tous, et avec tous les habitants de Grez et leurs enfants. Voilà pourquoi j'ai prévu pour ce soir une fête qui éclipsera celle de l'année dernière, et voilà pourquoi, si vous le souhaitez, j'ai besoin à présent de votre aide pour les ultimes préparatifs !

Une clameur enthousiaste succède au discours de Larsson. Christian Krohg et Karl Nordström lancent leur canotier dans les airs.

En quelques instants, chacun se voit attribuer sa tâche. Pendant que les Chevillon et Justine se concertent dans la cuisine pour préparer un festin avec toutes les merveilles que Carl a rapportées de Paris, Christian Krohg s'est mis au piano et commence à répéter les romances qui animeront le bal. D'un geste, Carl a entraîné tous les autres vers le petit pavillon où il réside depuis plus d'un an avec Karin. Ravi de son effet, il est monté sur le balcon, et sort bientôt de sa chambre une incroyable profusion de guirlandes en tout genre, de lampions, de bougies qu'il tend précautionneusement une à une au petit groupe rassemblé sur la pelouse.

— Karl et August, je vous nomme responsables des régates !

Et comme Strindberg et Nordström le fixent avec perplexité, Larsson reprend :

— Béotiens stupides, vous ne trouverez pas de voiliers sur ces berges hospitalières. Mais il s'agit d'emmener une dizaine de solides barcasses en amont, et de les amarrer à hauteur du champ de blé du père Martin. L'arrivée sera jugée sous le pont !

Des groupes se sont formés et s'égaillent au hasard de l'hôtel et du jardin. Et comme je reste là, bras ballants, trop solitaire pour trouver d'emblée ma place, je sens soudain la main vigoureuse de Carl se poser sur mon épaule :

— Ulrik ! Tu me sembles être un homme à garder un secret ! Je te propose d'être mon complice. Nous allons élaborer ensemble un grand spectacle.

Et sans plus de commentaires, il m'entraîne à sa suite, dans le petit escalier sombre à l'odeur de salpêtre qui mène aux caves de l'hôtel. C'est drôle, cela s'est fait sans préméditation, et pourtant j'espérais ce moment depuis longtemps. Être seul avec Carl, entraîné, protégé. Peut-être est-ce simplement sa façon de me témoigner son amitié. Il ne m'a fait aucune déclaration, depuis la mort de ma mère, mais son regard souvent

croisé, et chaque fois chargé non de pitié mais
d'un pétillement chaleureux, m'a rendu ces derniers jours plus légers.

— Tiens, remplis ces paniers de bouteilles !
Moi je vais tâcher de trouver un marteau, des
clous, quelques baguettes. Grez-sur-Loing se
souviendra de cette soirée, foi de Larsson !

Avec lui, pas besoin de mots. Il parle pour
deux, mais son babil incessant cache autre
chose, c'est comme une politesse, une pudeur
qui permet de n'être pas gêné par tous les senti-
ments. Les deux bras chargés, je le suis jusqu'à
la berge, près de la première arche du pont. Il
s'esquive quelques instants vers la buanderie,
puis revient en poussant un petit chariot qu'il a
rempli de formes mystérieuses, des cylindres
surtout, de longueurs inégales. Et comme je
commence à deviner :

— Est-ce que ce n'est pas... ?

Larsson pose un doigt devant sa bouche.

— Oui, Ulrik. Un feu d'artifice ! Le plus
grand feu d'artifice qui aura jamais été tiré sur
les bords du Loing !

Il me suffit dès lors d'étudier ses gestes et de
l'imiter. Engager dans la terre le cul des bouteilles pour y glisser les fusées, planter sur des
planchettes ou sur les tilleuls du parc les tourni-
quets — sans trop enfoncer le clou, pour qu'ils
puissent évoluer librement. Disposer tout autour
du ponton les feux de Bengale. Seules les deux

petites filles de Strindberg, que Carl a surnommées Flora et Pomona, sont admises auprès de nous, et penchent leurs boucles blondes, presque blanches au soleil d'été, sur les étoiles ensommeillées qui attendent leur heure au fond des bouteilles vert sombre.

Je ne sais combien de temps dure ce manège de petits gestes furtifs et gourmands. Je sais seulement que le soleil fléchit, vient de passer au-dessus de la tour de Ganne, éclaire d'une lumière orangée les ruines du château, au-dessus du premier lavoir. Je sais que le temps qui me semblait si lourd s'est mis à flotter, à voler comme la poussière blonde dans les rais de soleil, entre les branches des tilleuls. Je sens que quelque chose de très doux, de très fort va me prendre et m'emporter. La rivière éblouissante est si paisible, entre les arches grises.

Quand nous remontons vers l'hôtel, les notes de piano ne se détachent plus comme tout à l'heure. Noyées dans une rumeur de conversations rieuses, de martèlements de pas sur le plancher, elles semblent moins guider la fête que l'accompagner, et glisser sur toute cette joie qui s'apprête la mélancolie d'un moment déjà vécu, que l'on éprouverait à la fois dans la plénitude de l'instant et la nostalgie de l'avoir perdu.

Une clameur appuyée marque l'entrée de Carl dans la pièce, et cela ne me surprend nullement de le voir s'avancer vers Nordström, et partir avec lui dans une valse échevelée. Les deux hommes plutôt patauds miment la grâce tourbillonnante des cours princières. Puis Larsson abandonne sans vergogne son cavalier d'un soir qui s'affale sur une chaise, non sans avoir saisi une coupe de champagne au passage. Carl se dirige alors vers le groupe des enfants rassemblés sur le seuil de la pièce. Il s'incline jusqu'à terre :

— Mademoiselle Flora, me ferez-vous l'honneur de cette danse, si votre sœur n'en prend pas ombrage ? Nous aurons l'avantage de la faire tournicoter elle aussi, dans quelques instants, si telle est sa volonté !

Cette fois-ci, la valse devient plus cérémonieuse. Larsson et la petite fille de Strindberg se tiennent du bout des doigts, et tournent lentement, à petits pas décomposés, avec une application maladroite et besogneuse. Les boucles blondes de Flora flottent sur le col marin de sa robe bleu pâle. À la fin de la danse, Larsson, respectueux des rites, raccompagne l'enfant jusqu'à sa place, et lui propose un verre de jus d'orange.

Mais Soren Kroyer semble manifester des signes d'impatience. N'y tenant plus, il saisit Christian Krohg par les épaules, et s'installe à sa place sur le tabouret du piano :

— Ah ! Quelle passion pour la tristesse chez vous autres Norvégiens ! Ne voyez-vous pas qu'il convient de donner à cette noble assemblée une musique plus dynamique ?

Et les bras droits, le corps calé à bonne distance du clavier, Kroyer, le regard résolu, commence à plaquer les accords énergiques d'une polka dont la mélodie aigrelette n'est là que pour justifier le soubassement tonique de l'accompagnement. Des couples se forment aussitôt, sans façon. La prestation de Larsson les a libérés de tout complexe. Si M. Chevillon et Siri Strindberg évoluent selon les règles, la plupart des danseurs compensent par un entrain ravageur la modestie de leur technique chorégraphique. Krohg, Nordström et Strindberg ont invité des jeunes femmes du village, car les habitants de Grez commencent à arriver, et se mêlent sans peine à l'effervescence ambiante — on sent que cette convivialité n'en est pas à son premier jour. Étranges couples. Il y a nombre d'enfants sur le parquet, devant les tapis relevés. Des couples d'hommes et des couples de femmes. Kroyer s'évertue à accompagner sa musique en chantant d'une voix qu'il voudrait tonitruante, mais dont les accents rauques émergent à peine dans la rumeur générale. Moi-même je me suis retrouvé sans trop savoir comment enlacé à la vieille Léonie, que cette invitation saugrenue a plongé dans une hilarité irrépressible, dont elle s'extrait seulement en m'indiquant qu'on a besoin d'elle en cuisine.

Tendrement, Larsson a invité Karin, dont la longue robe bleu marine au col gaufré ne peut cacher le ventre lourd. Insoucieux du rythme imposé, il l'entraîne dans un tempo très doux. Ils se regardent et sourient presque gravement. Abandonné par ma partenaire, je ne peux détacher mes yeux de ce couple. C'est une image qui s'arrête — celle du seul tableau qu'ils ne peuvent pas peindre. Karin et Carl. Sans eux, rien ne serait vraiment. Karin n'est pas exactement belle, mais si jolie, si fraîche avec ses cheveux bruns relevés en chignon natté, découvrant d'amusantes petites oreilles un peu décollées, avec surtout ses yeux immenses, profonds et sombres, frangés de très longs cils. « Des yeux de vache » aime à dire Larsson pour provoquer l'indignation de ses interlocuteurs, et mieux pouvoir leur expliquer ensuite pourquoi les yeux des bovidés sont les plus beaux yeux de la création.

Au piano, Nordström succède à Kroyer, puis Strindberg à Nordström. Mazurkas, valses, polkas. Une coupe de champagne à la main, je sens la tête me tourner. Je sors sous la marquise.

— V'là l'bord d'la nuit qui vient ! me lance Léonie qui allume un à un les lampions égrenés dans le jardin.

Oui, le bord de la nuit, et toutes ces lumières qui font de la nuit de juin une nuit bleue, vibrante et magique dans le tremblement des flammes. Car il y en a partout, photophores et chandeliers disséminés sur les tables, au bout du parc, guirlandes de lampions courant de branche en branche dans le parc. Je suis seul à présent. La rumeur du bal dans mon dos donne plus de mystère encore à cet espace familier transfiguré par les lueurs de la fête — tout au bout de la terrasse de plaisir, une rangée de torches se reflète dans le Loing.

Soudain, la voix de Larsson se détache :

— Bon sang, on n'y verra jamais assez clair pour la régate !

Et c'est une folle précipitation. Le piano étouffe ses derniers accords ; toute la fête accourt dans le jardin. M. Chevillon tente en vain de faire renoncer Carl à son projet, mais avec une dignité d'empereur romain celui-ci réclame l'illumination du pont, où l'on transporte aussitôt les torches. Tandis que le public frémissant d'angoisse légère et d'excitation se rassemble et s'accoude sur le parapet, Larsson, Kroyer, Nordström, Strindberg et Krohg s'éloignent au long de la berge vers les barques invisibles. Viennent alors des bruits de chaînes et de chocs sourds, des clapotis, des jurons et des cris de défi. On devine que les barques se heurtent, on entend maintenant le rythme des rames s'enfonçant dans la rivière.

— Là ! crie Siri Strindberg en désignant du doigt une forme blanche.

C'est bien Kroyer qui mène la danse. Son triomphe n'est pas des plus modestes. Au moment de passer sous le pont, il abandonne ses rames et se lève dans la barque, les bras en l'air. Christian Krohg qui le suivait infléchit la course de son propre bateau pour donner rageusement contre celui du Danois. Les spectateurs penchés au-dessus d'eux poussent un cri de ravissement et d'effroi, tandis que Soren perd l'équilibre et plonge dans les eaux du Loing, battant des bras et hurlant de terreur feinte.

Car je commence à les connaître, tous ces compagnons du Nord si austères d'apparence, et comme pris de folie dès que l'idée de fête s'installe. Il y aura encore bien des fausses menaces, bien des fausses luttes, bien des imprécations rageuses pour masquer le plaisir d'être là, rassemblés dans la nuit chaude.

Au repas, Kroyer aura passé une autre tenue pareillement immaculée, et se tiendra fièrement entre Karin et Siri Strindberg. Moi... Moi je ne compte pas, je ne mange pas, je ne parle pas. Je viens d'apprendre ce qu'est la mort. J'apprends soudain ce qu'est la vie. Cela me fait étrangement mal. C'était tellement plus facile de penser que tout était terne, que tout était absurde. Mais ce soir, la vie est là. La nuit est chaude, et toutes ces lumières légères et vacillantes donnent le tournis. Des hommes et des femmes rient, chantent et s'invectivent. En eux, je sais qu'il y a des rêves, mais ils n'en parlent pas. À l'heure où l'alcool, la fatigue de la danse devraient les rendre un peu plus graves, ils lancent le feu d'artifice. Carl se démène aux quatre coins de l'ombre. Accroupi près de la berge, j'ai senti Karin s'approcher, poser doucement la main sur mon épaule. Des fontaines d'étoiles vertes et blanches pleuvent sur la rivière. Je voudrais tant que tout s'arrête, mais chaque fusée est comme une fuite éblouissante qui déchire la nuit, la mesure et l'abolit. Il y a la pétarade frénétique du bouquet final, et voilà, c'est déjà fini. On souffle les chandelles, on éteint les lampions. Les paroles se font sages, et l'on remonte lentement la pelouse trempée de serein. Je suis resté au bord de l'eau. Le dernier feu de Bengale n'en finit pas de se consumer. L'ample flamme jaune ondoie sous le premier coulis de vent frais. Que la nuit reste bleue.

Paris, janvier 1919.

La lettre de Karin. Restée là, dépliée sur un coin du bureau, depuis trois jours. Je n'ai pas encore répondu, et je sais bien que c'est déjà un signe. J'aurais pu écrire tout de suite, et me mettre ainsi à l'abri, me protéger, tenter un réconfort, peut-être. Mais non. On ne réconforte pas Karin Larsson. Et puis elle ne veut pas ce genre de réponse. Ce qu'elle attend ne peut venir avec des mots banals. C'est drôle. J'avais cru tant bien que mal enfouir tout cela, et la guerre elle-même était venue m'aider, à sa façon. Je m'efforçais de croire qu'elle avait rendu tout le reste dérisoire — et c'était devenu d'une tristesse enfouie, brumeuse, presque confortable. Mais la lettre de Karin a balayé en quelques griffes bleues ce faux oubli qui dormait sous la cendre. Oui, Karin a raison. C'est bien ce jour-là que quelque chose a commencé, à

Grez, il y a... trente-cinq ans. Depuis que la maison de ma grand-mère a été vendue, je n'ai pas eu le courage de retourner là-bas. J'ignore ce qu'est devenu l'hôtel Chevillon, mais je sais bien que depuis plus de vingt ans aucun de mes amis du Nord n'y est revenu. Pourtant, la fête avait un petit air d'éternité, ce soir-là. Les gens du village semblaient reconnaître comme une évidence cette mainmise des peintres scandinaves sur le sens du jour, la tonalité de l'atmosphère.

Qu'étaient-ils donc tous venus trouver ici ? Au départ, il y avait eu sans doute le prestige de Barbizon, toute proche, et de son école de peinture. Paris n'était pas loin — deux heures et demie en train, puis une demi-heure en voiture à cheval, de la gare de Nemours jusqu'à Grez. Les premiers, Christian Krohg et Karl Nordström avaient découvert ce petit paradis qui représentait pour eux la quintessence d'un village français — leur village français. Nordström avait aussitôt écrit à Larsson, déprimé par des échecs parisiens, pour lui proposer de les rejoindre.

La lettre de Karin m'a fait penser bien sûr à d'autres lettres, toutes celles que j'ai recueillies comme un trésor inutile, auquel je n'ai pas touché depuis la mort de Soren Kroyer, il y a dix ans. Elles étaient là, bien sages, même si la boîte de biscuits un peu rouillée s'est révélée difficile à ouvrir. Parmi toutes ces écritures familières, celle de Larsson, avec tous ses points d'exclamation qui remettent aussitôt en mémoire la jovialité de sa voix. Je savais trouver cette lettre qu'il écrivait à Strindberg, au début de l'été 1882 :

J'habite maintenant dans un petit village paysan idyllique, où j'ai l'intention de peindre une toile paysanne pour le Salon l'année prochaine — je n'abandonne pas, comme tu peux le voir ! Je mange dans une pension en compagnie d'Américains, d'un Allemand, d'un Norvégien et de trois Françaises. Tu ne peux t'imaginer la poésie que dégage un tel petit village ! Au milieu trône une église, très très vieille et pittoresque, avec son imposant curé foncièrement bon, une ancienne ruine de château où ont demeuré notre Reine blanche et Marie Stuart, une belle rivière bordée d'arbres, un bois touffu et presque impénétrable d'un côté et des champs de blé potelés de l'autre ; dans tout ça vivent et se promènent des ânes gentils, des gens pieux et toutes ces autres créatures qu'on trouve dans nos villages. Le soleil qui brille sur tout cela est un crédit sans fin. Aujourd'hui deux Norvégiens en débit sont partis, l'un de 900 francs, l'autre de 700 ! ! ! Vive la France !

Oui, le soleil. Mais aussi ce léger voile sur la lumière qui les changeait tant de leurs ciels scandinaves éternellement lavés, trop purs, trop hauts. Voilà ce qu'ils avaient trouvé à Grez. Et puis cette hospitalité débonnaire qu'on pouvait rencontrer à la pension Laurent, ou à l'hôtel Chevillon. Pour le reste, Grez n'était rien qu'un village de l'Île-de-France, avec ses petites rues arrondies, pavées, montant depuis les bords du Loing. Au coin d'une place, la tombe de Laure de Berny, l'amour de Balzac qui dort là de son sommeil tranquille de lys dans la vallée. Partout des murs de pierre, tenant à l'enclos les vergers, les potagers. Les silhouettes tutélaires de la tour de Ganne mangée de lierre, du château, de l'église Saint-Laurent. La rivière, surtout, avec les sept arches inégales du pont, qui s'amenuisent en approchant de la rive droite, comme pour apprivoiser le village. Tous ces pontons, tous ces lavoirs pour justifier l'appel de l'eau, lui associer la caution d'un travail. Mais avec Christian Krohg, avec Nordström, avec Carl et Karin Larsson, le bord de l'eau n'était plus qu'un plaisir, débarrassé de toute honte et de tout alibi. Car leur travail étrange était de saisir le plaisir, d'arrêter la lumière à l'aube d'un lavoir. Et plus curieuse encore, leur tâche était de transformer le travail en plaisir, d'arrêter le geste de la mère Morot dans son potager, au milieu de ses potirons.

Bien sûr, avec sa passion inassouvie de la peinture, mon père n'avait pu manquer de vouloir les rencontrer. La nationalité danoise de ma mère avait favorisé ses plans. En quelques mois, les artistes scandinaves étaient devenus le cœur de notre vie là-bas. Pourtant, puisque la lettre de Karin m'oblige à revenir au bord du Loing, je retrouve d'autres images...

Car Grez, pour moi, c'était l'été. Une maison d'ombre et de soleil, de framboises et de balançoires, de cousins et de jeux. Là-bas m'attendait une dame qu'on disait très vieille et qui courait vers moi quand je sautais au bas de la voiture, au début de juillet. Elle m'embrassait à m'étouffer.

— Viens, disait-elle, il y a encore quelques cœurs-de-pigeon !

Chaque année, l'été commençait par ce goût de cerise. La maison est vendue, le cerisier doit être mort, mais je revois la chair jaune et rosé, la densité pulpeuse des cerises, ce goût à peine amer et pourtant si sucré. Ce rituel qui m'entraînait d'emblée près d'elle au fond du grand jardin, ces gestes qui nous éloignaient scellaient notre tendresse et lui donnaient un goût de fruit. Puis grand-mère allait tirer de l'eau du puits, la versait dans les verres, y ajoutait une cuillerée de fleur d'oranger. Je revois la petite bouteille bleue, les cristaux de sucre qui se diluaient dans mon verre, je sens contre mes dents la fraîcheur de la cuillère. Ai-je jamais retrouvé pareille soif, et tel talent pour l'étancher ? Je mangeais des cerises, je buvais la fleur d'oranger. C'est alors que l'été pouvait commencer.

L'été. Tous les étés. Mon père nous emmenait à Grez, ma mère et moi, dès la fin de juin. Puis il s'en retournait vers son cabinet médical parisien, et revenait chaque fin de semaine. Je ne rêvais même pas d'aller ailleurs. À Grez, autour de grand-père et grand-mère, puis davantage encore autour de grand-mère seule, se réunissaient chaque année les frères et la sœur de mon père, et tous les enfants surtout, tous ces cousins, qui venaient éclabousser ma solitude d'enfant unique, jaloux de ses prérogatives mélancoliques, mais fasciné par le mouvement, l'insolence de ces cousines aux robes blanches et chapeaux de paille à bride d'enfants modèles, infiniment plus délurées que moi pourtant, plus audacieuses sur le trapèze du portique, et plus expertes dans les jeux d'une séduction moqueuse, légère et douloureuse qui m'empêchait de m'endormir le soir.

Pour mon père, Grez constituait la même évidence incontournable. À une forme festive et enjouée de la vie familiale qu'il ne se sentait pas capable d'assumer seul, mais dont ses parents avaient toujours eu la générosité, le talent, se mêlait chez lui une vraie passion pour la peinture. Et là, près de Barbizon, aux quatre coins de la forêt de Fontainebleau, comme d'autres se créent des réseaux de relations chez les viti-

35

culteurs pour s'approcher des grands crus, il s'attachait aux basques des petits maîtres, se faisait présenter les grands, achetait souvent, surtout je crois pour justifier la fréquentation de ces demi-dieux dont la conversation, la seule présence à ses côtés lui donneraient peut-être la révélation qui devait sourdre de lui-même. Car il peignait. Un mystère planait autour de cette création qui se devait de rester secrète, et à laquelle, chaque fois qu'un membre de la famille y faisait allusion, il opposait un vigoureux « Ne parlons pas des sujets qui fâchent ! » ponctué d'un sourire de dérision, mais assez ferme pour chasser les requêtes embarrassantes. Si mon père peignait, c'était ailleurs, loin de tout regard. Jamais il ne nous montrait une toile. Ses propres jugements, portés sur un art qui nous demeurait inconnu mais qu'il taxait d'amateurisme dérisoire, mettaient paradoxalement en valeur l'importance de ses tentatives. Sa muette insatisfaction se manifestait aux yeux de tous comme une fêlure, ce qu'il sentait, et le faisait marmonner d'une colère blanche, rentrée.

Quant à ma mère, sa présence deux mois d'été à Grez, qui me paraissait à l'époque si logique, devait lui coûter quelquefois. Elle lisait infiniment sous le noyer, dans une chaise longue bayadère dont je retrouve exactement le tissu framboise et gris. Je revois sa haute silhouette pâle et blonde s'approcher de moi, me poser le dos de la main sur le front comme pour s'assurer que je n'avais pas la fièvre, et devant mon regard inquiet, murmurer avec une douceur un peu absente qui me faisait mal :

— Ne t'en fais pas pour moi, Ulrik, reste jouer avec tes cousines. Je vais faire quelques pas au bord du Loing.

À quoi rêvait-elle alors ? Avait-elle la nostalgie de son pays ? Nous n'allions jamais au Danemark. Ma mère seule allait y passer le jour de l'an et la première semaine de janvier aux côtés de son père, alors que déjà j'avais repris l'école, et rêvais sur ce mot de Danemark qui me la rendait si lointaine. Quand j'y pense à présent, je me dis que mon envie irrépressible quelques années plus tard de partir pour Skagen trouvait là ses racines, devant le tableau noir où la déclinaison de *dominus* se brouillait, laissait place à des noms que je trouvais infiniment plus beaux : Jutland, Ebeltoft, Copenhague...

Je portais déjà en moi cette envie de percer un mystère, de découvrir à travers un pays un secret personnel, qui m'attendait derrière les visages inconnus, les paysages différents. Ma mère me parlait de son enfance au Danemark. Non pas à Grez, où notre intimité n'était jamais complète, mais à Paris. Cela venait souvent quand elle me ramenait du jardin des Tuileries. Pendant tout l'après-midi, elle m'avait regardé grimper sur les chevaux mécaniques, pousser mon voilier bleu et blanc autour du bassin rond. Au retour, sous les arcades de la rue de Rivoli, elle se confiait soudain avec un abandon de fatigue et de mélancolie. Je sentais cette tristesse, et sa tristesse me pesait. J'avais les miennes : une partie de barres à laquelle j'avais dû renoncer au dernier moment, une petite fille au regard vert que j'espérais revoir et qui n'était pas au jardin ce jour-là. Les souvenirs de maman montaient comme l'écho d'un paradis perdu. Depuis ma naissance, elle n'était jamais revenue à Copenhague, et se contentait d'Ebeltoft, où son père avait pris sa retraite. Copenhague... Elle me parlait d'un jardin bien plus extraordinaire que le mien, où le spectacle de pantomime avec un pierrot bedonnant la fascinait et la terrifiait. Elle me disait le cirque de plein air, avec ses trois attractions internationales, les concerts sous les kiosques, les lumières et les vieilles Danoises conversant dignement sur les chaises pliantes.

Elle se parlait à elle-même, et je n'écoutais pas toujours. Mais j'entendais la blessure de sa voix, cette langueur dont je me sentais responsable. Le Danemark, c'était l'enfance perdue de maman pour que la mienne puisse jouer aux chevaux mécaniques. Je lui tenais la main, silencieux et coupable. Très tôt, ma mère avait voulu m'apprendre sa langue, et dès cinq ans je lisais dans le texte les contes d'Andersen. Au regard que nous lançait mon père quand il nous voyait installés dans le cercle de lumière étroit que la lampe-pigeon dessinait au-dessus du bureau, je sentais qu'il trouvait ces efforts inutiles, mais il avait la pudeur de ne pas le dire. Après tout, ma mère n'exigeait pas que nous allions au Danemark. Elle parlait de ses souvenirs et m'apprenait le danois. Pourquoi lui refuser ces fantaisies ?

Je n'imaginais pas alors la passion que mon père éprouvait pour cette femme toujours un peu lointaine, et près de lui le plus souvent silencieuse. Plus encore que ses productions artistiques, il cachait cet amour que je découvris seulement, plus tard, dans sa dernière lettre. Et puis cette langueur rêveuse dont ma mère remplissait ses journées prit le nom de maladie — un mot si douloureux qu'on ne prononçait pas devant elle, mais qui nimbait son corps d'un voile imperceptible ; elle s'éloignait déjà.

Comme elle fut heureuse de la venue des premiers peintres scandinaves à Grez ! Je crois que l'été 1883 fut sa dernière joie. Nordström, Krohg et les Larsson avaient déferlé soudain sur les rives du Loing avec leur jeunesse éclatante, leurs rires, leur folie — et leurs rêves cachés qui donnaient à leurs regards la chaleur d'une vie plus forte, dont ils ne doutaient pas d'approcher. Seule au village ma mère parlait leurs langues, et avec elle ils abandonnaient le français rauque qu'ils baragouinaient de mieux en mieux. Ils venaient chez nous, mangeaient des cerises et secouaient la poussière du piano dont plus personne ne jouait depuis la mort de grand-mère. Mais plus souvent, nous allions les voir à l'hôtel Chevillon, où les fins de soirée savaient déjà tourner à la fête, au bal costumé inopiné, au seul bonheur de chanter en prenant un verre sur la terrasse de plaisir.

Mon père, jaloux sans doute de leur aisance à enflammer le jour, les trouvait un peu fous. Mais il suivait, car il s'était pris de passion pour leur peinture. Je crois aujourd'hui qu'il y trouvait ce que par nature il ne pouvait atteindre lui-même : une touche d'humour tendre, une fantaisie qui donnaient à Larsson ou à Christian Krohg l'audace de peindre la vraie vie, de ne pas craindre de déparer un paysage de campagne en y glissant des potirons, de dévaluer un bord de rivière en y mêlant le plongeon désarticulé d'un enfant nu riant sous le soleil d'été.

Et moi... Moi je ne savais pas que toute ma vie était comme à l'avance enfermée là, dans l'impossible pouvoir de faire la fête et de l'arrêter, de canoter sur la rivière et de peindre la fraîcheur de l'eau, de rêver de bonheur et d'être heureux. J'avais dix-huit ans ce soir de juin 1884, deux mois après la mort de ma mère.

Quelque chose commençait. La lettre de Karin est restée là sur le bureau, comme un remords, comme une chance. Avec des mots peut-être, après tant de silence... Il y a plus que mon histoire. La lettre de Karin avec sa petite écriture ronde vient me dire que je porte un monde, et qu'il ne m'appartient pas. Je pense à sa tristesse, à la maison orange de Sundborn. Je pense à Soren Kroyer, je pense à Carl Larsson. L'homme de Skagen et celui de Sundborn. Celui qui voulait le bonheur, celui qui croyait au bonheur. J'entends leurs rires dans la barque, puis ils se relèvent, l'un sombre, l'autre blanc. Et je pense à Julia.

Grez, juillet 1884.

Tout m'est resté de ce jour-là. Pourtant je le
vois flou. Flou, dans la poussière blanche et le
soleil. J'aimais tant prendre la voiture du père
Fanchard. Éponine, la vieille jument grise pom-
melée, prenait plaisir à trotter sur la route de
Nemours. Il faisait chaud, en ce dimanche de
début juillet, et le petit vent de la course se
mêlait au plaisir léger de voir danser les arbres et
les champs, d'entendre le tintinnabulement clair
du licol, le grincement familier de la charrette.
Personne dans les champs de blé. Conquérant,
les rennes à la main, je me prenais pour
quelqu'un d'autre, comme dans ces jeux
d'enfants conditionnels où l'aventure est plus
belle de demeurer imaginaire : « On aurait
dit... » Tout mon chagrin s'envolait dans cette
simulation naïve, et la sensation pure de l'instant. Je n'étais rien que ce trajet de fantaisie, rien

que l'odeur un peu fade des peupliers le long de la route claire.

Une invitée de plus à l'hôtel Chevillon ! La jeune amie de Karin Larsson serait sûrement étonnée d'être accueillie à la gare par un Français s'exprimant correctement en suédois — les dernières semaines passées en compagnie de Karin et de Carl m'avaient été bénéfiques. La naissance de leur bébé était toute proche, et Karin avait dû renoncer à m'accompagner. Elle m'avait parlé de Julia, sa meilleure amie à l'école des Beaux-Arts de Stockholm, et la plus douée de tous. Julia venait pour l'heureux événement, mais pour peindre aussi, dans la lumière d'Île-de-France. Peindre. Cela semblait aller de soi. Tout le monde savait peindre, voulait peindre... Pour moi, cette étrange obsession avait d'abord été celle de mon père. Une volonté sourde, mystérieuse, qui l'éloignait de moi, puisque je faisais partie de sa vie, et que sa vie ne lui suffisait pas. À l'hôtel Chevillon, c'était une tout autre affaire. Les chevalets, les toiles, les pinceaux, les tubes et les palets d'aquarelle apparaissaient avec le même naturel que met un paysan à tirer son couteau de la poche, à l'heure du déjeuner. Nordström, Krohg, Karin et Carl peignaient dehors, aux yeux de tous, n'importe quand, comme on parle, comme on respire. Dernier arrivé, Soren Kroyer avait poussé jusqu'à la frénésie ce besoin de tout saisir, de tout refléter.

Bien sûr, ils étaient peintres. Mais qu'est-ce que cela voulait dire ? Au-delà de leur aisance technique qui me stupéfiait, d'où leur venait ce besoin ? Ils étaient jeunes, et pourtant la vie semblait n'être pour eux qu'un prétexte. Je me sentais étranger devant ce pouvoir et ce besoin. Ma vie... Ma vie s'ouvrait devant moi comme cette route de Nemours à demi estompée par le nuage de poussière. Je n'avais pas de vocation, sans doute. J'écrivais assez bien, manifestais peu de dispositions pour les matières scientifiques ou artistiques. Deux ans auparavant, en classe de rhétorique, mon professeur de littérature avait signalé le mérite de quelques-unes de mes dissertations. Mon père en avait aussitôt conçu quelques espoirs, fait allusion à des poèmes ou au moins un journal intime, que je devais bien rédiger en secret. Mais il n'y avait rien de tel. L'idée même d'aller chercher en moi ce que d'autres avaient trouvé avec infiniment de talent me paraissait saugrenue. Je deviendrais peut-être journaliste, ou bien je ferais mon droit, puisqu'il fallait bien faire quelque chose. J'habiterais le monde à ma manière, pourtant. On disait que j'étais sensible, et oui, il me semblait sentir très fort le bleu des soirs de Grez, l'odeur âcre et acide des bords du Loing, le goût des cerises, et cette longue mélancolie où se mêlaient la mort de ma mère et la pensée oppressante qu'il allait falloir donner un sens à mon existence. Mais je n'avais rien à traduire, rien à offrir au monde, et mes amis de Grez ne savaient pas que si leur amitié m'était bonne, leur talent me faisait mal.

Perdu dans mes pensées, j'avais dû relâcher les rênes et laissé Éponine avancer à son gré. À la gare de Nemours, le train de Paris était passé depuis longtemps déjà quand j'arrivai sur la petite place encadrée de tilleuls. Pas de voitures attelées sous les ombrages, aucun employé sur les quais. Et cette silhouette, debout dans le soleil. La robe bleu marine serrée à la taille, de longs cheveux roux flottants. Un gros sac de voyage à ses pieds, contre ses jambes un carton à dessins. Je la revois, solennellement mise en scène par la symétrie des tilleuls, la gare au fond, le silence parfait de l'après-midi. J'avais pensé à des premiers mots faciles, dans l'effervescence bon enfant des débarquements ferroviaires. J'avais misé sur sa surprise d'entendre prononcer une phrase en suédois. Mais c'était tout d'un coup beaucoup plus difficile. Seul le pas ralenti d'Éponine sonne sur la place, puis s'arrête. Les yeux de Julia sont d'un vert très pâle, ce jour-là — je me souviens de leur couleur pour ce premier regard ; plus tard, leur tonalité m'apparaîtra toujours changeante, de l'or au vert sombre. Il y a une infime lueur d'ironie dans son sourire. Je la trouve beaucoup trop belle.

— Mademoiselle Julia Lundgren ? Je suis Ulrik Tercier. Karin et Carl m'ont...

— Karin m'a parlé de vous dans sa dernière lettre, coupa-t-elle en français, d'une voix sûre et grave, presque sans accent.

Je me sentis dès lors parfaitement ridicule. Avec quel embarras fébrile m'emparai-je de son bagage — elle préféra garder le carton à dessins sur ses genoux. Avec quelle maladresse l'aidai-je à se hisser sur la petite banquette ! Je l'y rejoignis en trébuchant, et c'est elle qui me retint par la manche avec un petit rire qui me mit au supplice. Comme elle me parut longue, la route du retour ! Les silences qui s'installaient entre deux conversations ébauchées me semblaient porteurs d'une gêne insoutenable — et le vent dans les peupliers n'y changeait rien. Après quelques questions bien plates, j'avais fini par me taire, et préférer consumer ma défaite dans la souffrance plutôt que dans le ridicule. Julia n'avait que deux années de plus que moi. Son titre officiel d'amie de Karin me l'avait fait imaginer très différente — peut-être à cause de cette douceur maternelle qui habitait déjà la femme de Larsson, et faisait oublier sa jeunesse.

— Pourquoi portez-vous un prénom scandinave, Ulrik ?

J'avalai ma salive, et retrouvai un peu d'assurance pour lui répondre. Heureusement, la tenue des rênes était un prétexte pour ne pas la regarder. Elle n'était pas si désagréable, après tout, sûrement moins retorse que mes cousines — mais une espèce de brusquerie passionnée émanait de ses moindres mouvements, de ses moindres inflexions de voix.

Quand nous arrivâmes à Grez, quand j'eus remisé la voiture dans la grange du père Fanchard, je pus enfin la contempler à ma guise. Les premières effusions passées, elle allait de Karin à Strindberg, de Christian Krohg à Nordström avec un enjouement très camarade, qui ne mettait que davantage en évidence sa beauté sauvage et libre. De temps à autre elle s'arrêtait de parler pour regarder quelques instants vers le pont, la rivière, ou respirer profondément, les yeux perdus dans les branches des tilleuls. C'était une de ces fins d'après-midi d'été où le soleil fléchit en jouant sur tous les tons de miel, de bière, de verveine. Une brume infime montait, venue du Loing, ou bien c'était simplement la poussière qui dansait dans le soleil doux. Appuyé contre un poteau de la marquise, je les regardais tous descendre insensiblement vers l'eau — comme si les fils de leurs conversations entrecroisées les menaient là, plus près de la fraîcheur.

Quel fouillis, le fond du jardin de l'hôtel Chevillon ! J'essayais de saisir avec le regard de Julia les frondaisons des tilleuls et des hauts marronniers, le saule tordu penché sur le Loing, le ponton aux planches disjointes, les barques amarrées de guingois. Le babillage de Larsson montait jusqu'à moi :

— Ma chère Julia, accordez-moi l'honneur de vous présenter notre terrasse de plaisir !

L'accent de Carl, la jubilation ironique avec laquelle il prononçait ces mots ! Julia passait entre les petites tables de café, les frêles chaises peintes de vert sombre.

Le ton bonhomme de Larsson ne l'empêchait pas, sans doute, de laisser pénétrer en elle cette odeur de bord de l'eau, mousse du pont tout proche, vase près de la rive. Mais dans l'odeur il y avait aussi l'ombre des feuillages, celle de la menthe sauvage, et le désir de l'eau, d'une promenade en barque et d'un amour léger sur la rivière, d'une friture de goujons, le soir, sur la terrasse.

Un soir qui dure, et cette image en moi, si légère et facile. Mais je la charge d'une gravité un peu étrange, simplement parce que je me sens plus triste, loin de tout cela, de tous ceux-là qui rient au bord du Loing et ne peindront pas ce tableau. Julia sur la terrasse de plaisir.

Carl Larsson donnait la couleur du jour. D'où tirait-il toute cette joie, cette envie de transfigurer chaque instant ? Les enfants l'entouraient, attendaient de lui l'idée d'un déguisement, d'un feu de Bengale, d'une partie de cache-cache ou de colin-maillard. Parfois il se roulait dans l'herbe avec eux. Camille et Guillaume, les petits-neveux de Léonie, lui agaçaient les narines avec un brin d'herbe. Après de longs fous rires, ils finissaient par s'assoupir auprès de Carl, le visage sur sa poitrine.

Oui, Carl Larsson était le roi de Grez, et chacun sentait bien que cette vie légère n'eût pas existé sans lui. Seul Soren Kroyer avait également cette étoffe indéfinissable de meneur de bonheur. Mais il n'était que de bref passage, et ne venait au bord du Loing que pour rencontrer Carl. Chaque jour, l'hôtel Chevillon devenait un peu plus le royaume de Larsson, et l'été même semblait en son pouvoir. Et puis il y avait ce rayonnement qui émanait de lui, changeait la nature de chaque lieu où il passait. Son autorité en matière picturale n'était pas en cause. Pas plus qu'aucun de ses compagnons, Carl n'émettait de décret, et chacun savait que son récent succès au Salon de Paris avait suivi deux années d'échecs et de démarches infructueuses. Non, c'était plutôt sa façon d'être, l'image aussi du couple qu'il formait avec Karin. Tous deux restaient pourtant si proches, si simples et amicaux avec chacun. Mais ils n'y pouvaient rien : leur soleil faisait de l'ombre.

Est-ce l'arrivée de Julia qui changea tout ? Je ne sais pas. Peut-être les choses en étaient-elles arrivées à ce fragile point d'équilibre où tout peut basculer au moindre souffle.

Ce matin-là, j'étais venu très tôt à l'hôtel Chevillon. L'air encore brumeux avait cette fraîcheur précieuse et comme perdue à l'avance des jours caniculaires. Déjà, les roses trémières, le long des murs bas du village, commençaient à pâlir, à passer du rouge grenadine au rose thé. On parlait de moisson, et je sentais pour la première fois glisser entre mes doigts le temps d'été. Mais le petit grincement de la grille du jardin rouillée restait le même, à l'entrée de l'hôtel. Et c'est le même mouvement qu'il fallait faire pour y pénétrer, en inclinant la tête de côté sous l'arche des rosiers grimpants. La rumeur surtout semblait familière. Cet accompagnement fluide et discret de la rivière, la mélodie des cris d'oiseaux. Je m'approchai du ponton. Un couple de bergeronnettes y avait fait son nid, tout au bout sous les planches. Sans doute y était-il bien tranquille, au début du printemps. Depuis, avec toute l'effervescence de la colonie scandinave, le rêve avait tourné au cauchemar. On avait vu d'abord les deux oiseaux voleter, éperdus, autour des pensionnaires. Puis plus rien. Je croyais le nid déserté, et voilà que le manège des hochequeues lavandières reprenait de plus belle. Tour à tour, le mâle et la femelle sautillaient vers l'eau, y plongeaient un instant le ver qu'ils venaient d'attraper. Ils attendaient ensuite, avec une anxiété inutile, et c'était le plus joli de la scène, ces quelques secondes interdites avant d'aller glisser le produit de la chasse à leur progéniture, sous le ponton.

Je n'avais pas entendu Karin et Julia. Quand je me retournai, elles étaient accroupies comme moi, à regarder la scène, et Julia mit un doigt devant sa bouche.

Avec son châle noir jeté sur un corsage blanc, son teint très pâle, ses longs cheveux de flamme épars sur les épaules, je la trouvai plus belle que jamais. En même temps, la familiarité de ses attitudes, cette façon qu'elle avait de se couler dans la réalité des autres sans rien déranger lui donnait un charme supplémentaire, mêlait la vivacité de Sylvie au pouvoir d'Adrienne. Karin souriait derrière son épaule. Nous restâmes longtemps à suivre en silence le jeu des lavandières. Il y avait là, dans cette frayeur injustifiée des bergeronnettes, un message qui nous rassemblait, sans doute, même si chacun le lisait à sa manière. Le gris du petit jour s'attardait sur la rivière et c'était bon, cette complicité muette. Derrière nous, l'hôtel s'éveillait à peine. Léonie tirait un broc d'eau à la pompe, M. Chevillon cueillait des fraises dans le potager.

Je crois que c'est Karin qui proposa la promenade en barque. Bien sûr, c'est moi qui défis la chaîne et m'emparai des avirons. Karin et Julia plaisantaient ma perfection de chevalier servant avec cet humour qui n'était pas seulement d'acidité féminine, comme celui de mes cousines, mais tendresse pudique jetée sur les conventions — et l'instant qui suivait en était comme éclairci, débarrassé de toute gêne. Tous les signes d'une longue journée de chaleur étaient en place, mais la fraîcheur durait, dans le sillage de la barque. En aval du pont quelques lavoirs s'égrenaient le long du Loing. Une fermière tapait son linge à grands coups de battoir ; devant elle l'eau se faisait bleue. Elle se redressa, les mains appuyées sur les reins, pour nous saluer en reprenant souffle. Plus loin, un pêcheur ne nous gratifia que d'un vague borborygme de reproche. Puis, plus une âme sur les rives.

Au long du bois, sous l'arche des saules, la

rivière devenait mystérieuse, presque tropicale. Concentré sur la conduite du bateau, je n'avais pas besoin de prendre part à la conversation. Entre deux coulées, je pouvais relever la tête et contempler ces deux silhouettes féminines pelotonnées côte à côte au bout de la barque. Karin dans une de ces longues robe-tablier bleu pâle qui éclairaient si doucement sa maternité toute proche. Julia plus ramassée sur elle-même, avec très vite une véhémence de gestes à l'appui de ses mots. Elle parlait du matin, de la nécessité de revenir un autre jour pour peindre la laveuse et son eau bleue, du prochain départ de Soren Kroyer, et du brochet que M. Chevillon devait préparer pour le repas du soir. Petites phrases sans importance, comme pour accompagner le claquement de l'eau sous les rames.

Au sortir de la forêt, il y eut un long silence, quelques soupirs de bien-être, puis, peu à peu, cette tension presque palpable qui précède les mots plus importants, plus difficiles. Et Julia se lança enfin :

— J'ai beaucoup aimé tes dernières toiles, Karin. Au moins autant que Carl, tu as su saisir la lumière toujours un peu cachée, changeante, que l'on trouve en France...

Et comme Julia semble hésiter à poursuivre, Karin vient à son secours en détournant la tête vers un champ de blé qui défile près de nous :

— Et tu vas me demander pourquoi je ne

53

défends pas davantage ma peinture aux yeux du monde, pourquoi depuis deux ans on n'a vu de toile de Karin Larsson ni à Paris ni à Stockholm ?...

Julia hoche la tête, et Karin n'a pas besoin de voir son assentiment pour poursuivre :

— Tu sais, Julia, créer reste pour moi une chose importante. Mais toutes ces démarches autour de la création, toutes ces sonnettes à tirer, toutes ces bienveillances à solliciter, tous ces messieurs importants et souvent incultes qu'il faut courtiser, ménager, pour exposer dans un Salon... Carl lui-même s'y est brisé les ailes plus que tu ne crois. Pour un succès isolé, combien de fatigue nerveuse il a accumulé ces derniers temps ! Tu vois le Carl joyeux qui invente les fêtes, mais j'en connais un autre qui doute plus souvent qu'à son tour.

Mais si Julia s'est tue, comme prostrée, la tête entre les mains, depuis quelques instants, sa colère n'en éclate qu'avec plus de vivacité, et son ton passionné résonne étrangement sur les rives paisibles du Loing.

— « Créer reste pour moi une chose importante », crie-t-elle en parodiant la voix de Karin. Mais comment peux-tu parler ainsi ? Karin, souviens-toi de Stockholm, de toutes ces promesses que nous nous étions faites ! L'art n'est pas une misérable parcelle de notre vie. C'est notre vie même ! Un long chemin que nous commençons à peine, et déjà tu en parles comme ces jeunes filles de la bourgeoisie qui font de l'aquarelle en attendant de trouver un mari.

Julia s'est levée dans la barque, qui tangue dangereusement. Puis elle s'assoit en face de Karin, lui prend les mains, et d'une voix plus calme, mais aussi ferme, elle reprend :

— Tu n'as pas le droit, Karin. Rappelle-toi. Nous devions être les premières à ne pas nous laisser piéger. C'est un combat pour toutes les femmes aussi que nous avons commencé.

Le dos de Julia me cache le visage de Karin, mais jamais je ne l'ai entendue détacher les mots avec tant d'assurance :

— Toi non plus, Julia, tu n'as pas le droit. Je ne me suis pas laissé piéger. J'aime Carl, et l'amour est tout le contraire d'un piège. Ma vie est ma peinture, mais ma vie est sa peinture aussi, et bientôt notre vie sera celle de notre enfant, de nos enfants. Notre vie n'aura rien de bourgeois. Elle sera un chemin vers la création. Elle nous épanouira, et nous permettra de peindre tous les deux. Ne prends pas ce visage de pitié, Julia ! Je n'ai pas besoin de ta pitié. Après tout, qu'as-tu fait de plus que moi, depuis deux ans ?

— Tu sais très bien que je n'exposerai pas tant que je n'aurai pas trouvé vraiment ! coupe Julia. Je cherche, et je m'étonne un peu de voir autour de moi tant de gens qui trouvent...

Elles se taisent à présent. Pour faire diversion, j'amorce un demi-tour. Le gris s'est levé. Le soleil encore pâle traverse la forêt, et la lumière pleut sur nous comme dans les persiennes d'un volet. Soudain Julia est revenue aux côtés de Karin, et elles se sont blotties l'une contre l'autre sans ajouter un mot. Le pêcheur est toujours là, mais la lavandière a déserté son poste, et le nuage de lessive bleue s'est dilué sur la rivière. Sous l'arche du pont, les rames se cognent et résonnent. Autour du ponton, les bergeronnettes ont disparu. Assis à même la rive, Carl et Soren prennent leur café en silence.

Des cigares fumés à petites bouffées volup-
tueuses ; des pipes, plus souvent, avec tout le
cérémonial des préparatifs, les gestes pacifiants,
les blagues de tabac lentement ouvertes et re-
fermées, et puis les visages penchés en arrière,
les minuscules claquements des bouches pois-
sonneuses. Des tasses de thé ou de café innombrables, bues tout au long du jour et n'importe
où, assis dans l'herbe, près du billard ou dans la
salle du petit déjeuner. Des petits verres d'eau-
de-vie de poire ou de liqueur de mûre, dégustés
sous les étoiles, au bord de la rivière. Des instants de plaisir, après le travail d'une toile ou
bien pour rien ; des parenthèses savoureuses
déposées sur le fil du temps, sans fausse honte.
Des moments pour se taire ensemble aussi,
avec l'alibi de la dégustation pour éviter l'impudeur des phrases utiles et la lourdeur des
phrases inutiles. La vie à Grez était sans cesse
ponctuée de ces petites bulles de temps pur où
chacun près des autres s'évadait solitaire. Il me

sembla, passé la mi-juillet, qu'elles devenaient plus fréquentes encore, comme s'il y avait quelque chose à conjurer. Les peintres peignaient plus que jamais, comme si la lumière de Grez était désormais menacée. August Strindberg, après avoir écrit pour le journal suédois *Svea* l'article sur Carl Larsson qui justifiait sa présence en France, s'était lancé dans un ouvrage sur les paysans français où le village était présenté comme le modèle de la ruralité. Mon père abandonnait de plus en plus souvent son cabinet pour se laisser porter par le tourbillon de l'hôtel Chevillon.

Puis il y eut ce soir-là, qui devait bouleverser toute ma vie. La nuit était tombée depuis longtemps déjà, et nous étions tous là, au bord de la rivière. Après les œufs à la neige de Mme Chevillon, nous avions quitté la terrasse de plaisir pour nous installer plus près de l'eau encore. Certains avaient descendu une chaise, d'autres une chaise longue. La plupart des hommes, et Julia elle-même, avaient préféré s'allonger à même l'herbe.

— Avez-vous remarqué que les jours ont déjà raccourci ?

La remarque de Krohg avait soulevé un murmure de réprobation. Karin avait proposé le vin chaud, devenu habituel depuis quelques jours. La première fois que M. Chevillon avait offert cette boisson, il n'avait reçu qu'un accueil mitigé. On y avait trempé le bout des lèvres, pour goûter, avec un préjugé contre cette idée d'un liquide bouillant, en plein été. Et puis chacun avait trouvé dans cette brûlure à la cannelle qui pacifiait tout le corps un je-ne-sais-quoi de convivial. Désormais, Karin s'était faite la grande prêtresse de ce rite nouveau.

Quand le vin s'agitait dans la grande casserole en cuivre, elle appelait tous les pensionnaires, éteignait les lampes. Elle approchait une allumette, et tout d'un coup une tempête de flammes bleues se mettait à crépiter presque jusqu'au plafond de la cuisine. On regardait, on s'exclamait, on se taisait. Puis chacun redescendait vers le Loing à petits pas précautionneux, avec entre les mains son bol de lave chaude.

Le goût de vin chaud s'estompait déjà quand la voix de Carl monta dans le noir :

— Alors vraiment, Soren, vous nous quittez ? Les régates de Grez-sur-Loing vont perdre leur champion !

Je me souviens curieusement de la tonalité exacte avec laquelle Larsson avait prononcé ces mots. Sous la badinerie affectée perçait une vraie nostalgie, comme s'il savait que leurs destins se séparaient pour toujours.

— Oui, fit Kroyer. Skagen m'attend. Là-bas,

tout au nord du Jutland, l'été est terminé à la fin août. Si je n'y vais pas dès maintenant...

— Et vous l'accompagnez, Christian ? interrompit Karin en se tournant vers Krohg. C'est une vraie désertion !

— « Skagen m'attend ! » siffla Carl en singeant les paroles de Kroyer. Vous ne nous aviez pas habitué à une telle dépendance, Soren, vous qui parcourez l'Europe sans relâche depuis plusieurs années. Le vin chaud de l'hôtel Chevillon ne vous convient donc plus ?

— Le vin chaud était parfait, sans compter tout le reste ! Mais il est temps pour moi de remonter là-haut.

— Racontez-nous Skagen ! lança Julia qui n'avait pas parlé de la soirée. Le mot revient toujours dans vos conversations, mais pour nous, ce n'est qu'un mot.

Et c'est Krohg qui se départit de son mutisme habituel. Sa belle voix grave montait sous les tilleuls avec une ferveur inaccoutumée :

— Skagen, c'est le bout du monde ! La dernière ville au bout du nord du Danemark, si l'on peut appeler ville un village de pêcheurs, avec un seul hôtel et quelques fous amoureux de l'endroit ! De chaque côté de cette langue de terre, quarante kilomètres de plage déserte, une herbe rase, beaucoup de pluie. Mais quand le soleil se risque là...

— Alors, relaya Kroyer, il y a un bleu qui n'existe nulle part ailleurs au monde. Je l'ai découvert l'an dernier, et depuis je sais que c'est là. Toutes mes errances n'ont pour but que de retarder cette rencontre... Car elle me fait un peu peur aussi, ajouta-t-il plus bas.

Plus personne n'osait les interrompre. C'était étrange, cette sensation de dériver soudain des bords du Loing aux rives de la Baltique. En même temps, les paroles de Soren et de Christian faisaient renaître l'image de ma mère, dans une lumière secrète où elle m'attirait lentement. Je la voyais marcher sur une mince frange de sable, entre deux mers déchaînées, dans une longue robe d'un bleu changeant à chacun de ses pas.

— Et puis, reprit Krohg avec la voix comique qu'utilisent les comédiens pour les apartés, je n'oserais le prétendre devant nos hôtes, mais Skagen possède un repaire pour forbans de notre genre digne du domaine Chevillon. J'ai nommé l'hôtel Brondum, tenu par les propres parents du peintre Anna Brondum-Ancher, mariée au non moins talentueux Michael Ancher.

— N'ayez crainte, Christian, les Chevillon sont endormis depuis longtemps, fit Julia en riant. J'ai beaucoup entendu parler d'Anna Ancher. J'aimerais tant la connaître.

— Rien de plus facile, répondit Krohg d'un

ton redevenu naturel. À l'hôtel Brondum, il y a toujours place pour les artistes, et vous en êtes une indiscutablement, même si vos toiles sont quelquefois déconcertantes.

J'attendais une vive repartie de Julia, mais c'est la voix de mon père qui s'éleva, avec une autorité que permettaient peut-être l'obscurité, la convivialité de l'instant — je crois que jamais il ne m'eût ainsi parlé seul à seul.

— Tu devrais aller là-bas, Ulrik. Toi qui te cherches un peu, quel sujet pour un futur critique d'art : faire connaître au monde la communauté d'artistes de Skagen !

Interdit, je n'osai rien répondre. La précision avec laquelle mon père envisageait mon avenir me choquait, mais en même temps l'idée, le nom même de Skagen pénétraient en moi si profondément !

Jamais Carl Larsson n'était resté si longtemps silencieux. Rien de tout ce qui venait d'être dit n'était tourné contre lui. Bien sûr, Karin et lui allaient devoir se consacrer à la naissance du bébé, oublier un peu la peinture pour la fin de l'été. Mais dans la gêne qui s'installa soudain, chacun sentit je crois leur blessure. Imaginer un rêve communautaire qui ne tourne plus autour de Karin et Carl Larsson ! C'était un peu comme une offense, la fin de quelque chose. Et pourtant, si leur talent, leur entrain, leur folie parfois avaient suscité le petit miracle de la vie à

Grez, la perfection de leur couple les éloignait à l'avance. On ne vit pas impunément près du bonheur. On ne vit pas heureux impunément. Voilà ce que chacun au fond de lui déclinait à présent.

Je me souviens de ce vin chaud, je me souviens de ce silence.

Skagen, le 15 août 1884.
Ulrik Tercier à Karin et Carl Larsson.

Très chers tous deux,

Un petit coursier est arrivé ce matin dans la salle à manger de l'hôtel Brondum en brandissant une dépêche qui a ravi toute la bruyante assemblée réunie autour du premier café. Longue vie à Suzanne Larsson ! Christian a tout de suite proposé un toast, et je crains que la journée ne soit fertile en libations. Voyez, même à Skagen, ce sont les Larsson qui inventent la fête !

Pour moi, j'ai préféré me réfugier dans ma chambre afin de passer avec vous cette matinée. Je vous imagine près du berceau, sur la terrasse de plaisir. Carl n'ose pas encore tenir au-dessus de lui sa fille à bout de bras, mais l'envie le démange ! Je suis heureux qu'August et Siri Strindberg soient près de vous pour partager votre joie.

J'ai tant à vous dire. Le voyage s'est passé sans encombre. Seule Julia a été malade, mais Soren l'a soignée à l'aquavit ! Le débarquement des bagages et de nos modestes personnes fut assez homérique. Sur une mer agitée, les chaloupes tanguaient furieusement, et nous dûmes descendre avec de l'eau jusqu'à la poitrine. Tout le monde nous attendait sur la plage, et nous avancions, hiératiques et trempés, tenant d'une main sur la tête qui un sac, qui une malle. Grandiose ! Mais les cheminées de l'hôtel Brondum ont flambé haut et sec. Et foin des anecdotes. C'est par les lieux qu'il me faut commencer, si je veux vous donner une idée de la vie à Skagen.

Une végétation rase. Des ronciers d'un vert éteint, presque gris, des bruyères, des campanules bleu pâle aux tiges courtes, des buissons de roses sauvages. Tout cela moutonne à l'infini, dans une zone indécise entre la forêt de pins et la mer qu'on n'aperçoit pas encore. Mais on entend son grondement dévorer l'espace. On s'en approche par des sentiers de chèvres sablonneux. Peu à peu, les ronces et les fleurs disparaissent pour laisser place à de hautes herbes vertes ou blondies, souples comme des joncs. La plage est immense. Le vent soulève des embruns sur la crête des vagues et les disperse vers la côte. À l'horizon, tout paraît brumeux, voilé. Mais devant soi, la lumière n'en est que plus aveuglante et pure, lavée jusqu'au ciel. Le vent, le vent fatigant, agressif qui souffle sur les dunes, change de nature en atteignant la mer. Ici, il ne donne qu'une ivresse, la sensation de voler comme les mouettes, quand on avance vers les vagues. On écarte les bras : on se sent libre, la chemise claquant au vent, léger, et rien n'existe plus. On devient tout cela : la mer, la plage et le ciel. On glisse dans l'espace ; on est un nuage confortable et mou, paresseusement déchiqueté par la course du vent. On est l'ourlet d'écume grise d'une longue vague plate si lentement décomposée en courbes douces sur le sable lisse. On se laisse boire par la mer, par la plage et le ciel.

À la lisière de la plage, c'est le domaine des rosiers sauvages. Comment peuvent-ils pousser aussi nombreux ?

Fleurs presque mauves, à peine blanches au creux de leur calice, si vite offertes au premier soleil, et si fragiles sous le vent, mais peu soucieuses de leur sort, aussitôt remplacées par d'innombrables roses à venir. Et puis ces petites tomates bourrues des fruits qui leur succèdent, et mêlent l'humilité potagère au parfum des dernières fleurs qui poussent à leurs côtés. L'odeur des pins aussi, la souplesse des sous-bois, les mares aux nénuphars blanc et rose, aux nénuphars jaunes, juste derrière la plage. Les chaumières des pêcheurs, très basses pour résister au vent : les murs blancs, les fenêtres horizontales étroites, aux caches de bois peintes de bleu charron. Sur le toit, cette amusante coutume de liserer les deux derniers rangs de tuiles de peinture blanche, comme un feston d'apparat surprenant dans cette ambiance rustique.

Le vent, les marées, tout passe si vite, et donne en même temps le sentiment d'une uniformité vertigineuse qui glisse sur la terre, et recommence pour mieux s'effacer. Mais curieusement, la vie des hommes prend toute son ampleur dans ce paysage qui semble si orgueilleusement dominateur et froid. Ah oui, les petites choses des hommes comptent ici !

Peu d'hommes, au demeurant. La station a pourtant quelque renommée, depuis qu'Andersen l'a découverte et a clamé jusqu'à Copenhague que Skagen était le paradis. Il avait dormi à l'hôtel Brondum, bien sûr, et le jour même de la naissance d'Anna Ancher ! À la belle saison, les visiteurs sont paraît-il assez nombreux. Ils viennent voir se mêler au bout du cap les eaux des deux mers, le Kattegat et le Skagerak. Mais la belle saison finit très tôt ici, et la fin du mois d'août est presque d'automne.

Il y a surtout des pêcheurs, rudes hommes à la barbe longue, au regard austère — ils se dérident seulement dans la salle de l'hôtel, après quelques chopes de bière, et reprennent le même masque grave dès qu'ils retournent vers leurs foyers. Ce sont eux qui font le rythme du village. On les voit déambuler avec leurs chapeaux ronds cirés, leurs cuissardes plissées, le filet sur l'épaule. Suivant les marées, la plage est jalonnée ou non de leurs grosses barques échouées — frêles embarcations pourtant, quand on voit combien la mer peut être mauvaise ici !

Et puis il y a les peintres. La plupart prennent pension à l'hôtel, comme Soren et Christian, comme Julia. J'ai fait connaissance avec un autre peintre danois, Viggo Johansen, qui loge ici avec sa femme Martha. Un de vos compatriotes est présent également : Oscar Björck. Anna et Michael Ancher viennent d'acquérir une maison juste en face de l'hôtel, sur le Markvej, mais ils sont très souvent ici, bien sûr, chez les parents d'Anna. Comme vous ils ont eu, il y a peu de temps, une petite fille : Helga. Peut-être sera-t-elle un jour une compagne de jeux pour Suzanne ?

Tous ces artistes sont des forcenés de la peinture en plein air, et c'est sans doute une curieuse idée de se rassembler dans un endroit où il pleut aussi souvent. En attendant le soleil, ils rongent leur frein, et font résonner les lambris de l'hôtel Brondum de leurs projets et de leur fantaisie. À défaut de peindre le bleu de Skagen, ils se peignent mutuellement. Degn Brondum, le frère d'Anna, a trouvé un ingénieux procédé pour intégrer leurs toiles dans les boiseries de la salle à manger. Cela fait tout autour de la pièce comme un début de tapisserie d'un genre particulier. Avec le passage des pêcheurs, c'est un curieux mélange d'école des Beaux-Arts et de travailleurs ruisselants, mais personne ici ne semble s'en émouvoir. Brit, la petite servante, lave indifféremment les taches de peinture et les flaques d'eau de mer.

Chers Karin et Carl, je m'inquiète pour mon père. Sa dernière lettre était bien laconique. Ne lui dites pas que je n'ai pas encore commencé cette série d'articles qu'il espère. Pourquoi, je n'en sais rien. Mais c'est ainsi. J'écris pourtant. J'écris ce que j'ai sous les yeux, comme les autres peignent. Je me promène au long des plages, sous la pluie. Les mots qui me viennent au retour ne ressemblent pas à des chroniques de critique picturale. Et je ne sais guère encore où va ma vie.

Karin et Carl, donnez-moi un peu de votre force et de vos certitudes.

Je vous embrasse,

Ulrik.

Skagen, août 1884.

À quelques mètres devant moi, les eaux du Kattegat et celles du Skagerak se mêlent dans des tourbillons-pièges. Les crêtes des vagues se heurtent de biais avec une violence sournoise, dans un choc différé qui se délite en longs cercles de courants contrariés, faussement apaisés, ondulant de colère rentrée. C'est un combat pervers sous le ciel sourd. Les eaux semblent plus sombres encore, d'un gris-mauve terreux, couleur de mauvais rêve. La pluie d'été lourde et tiède se confond avec la fraîcheur des embruns. Tout au bout de cette mince langue de sable, je laisse l'eau me cingler le visage. Depuis longtemps ma redingote est trempée, mais que m'importe. C'est bon d'être seul et d'être là, à l'extrême fin de quelque chose, les pieds plantés dans la dernière parcelle de terre du Danemark.

Les légendes les plus folles courent au sujet de

ceux qui ont pris le risque de s'avancer de quelques mètres dans la mer à cet endroit. De l'eau jusqu'à mi-cuisse suffit à faire de vous la proie des vagues opposées, des courants divergents. Même dans la salle à manger de l'hôtel Brondum, où les histoires enjolivées sont familières, aucun pêcheur n'ose prétendre qu'il a approché en chaloupe le cap redoutable. Personne sur la mer, personne à l'horizon des dunes quand je me retourne. Et c'est étrange comme cette solitude presque hostile me pacifie. Je pense à ma mère, mais très vaguement, comme si l'idée seule de marcher en silence sur le sable du Jutland la rendait proche, plus familière qu'elle ne le fut jamais, comme si je la contentais en me laissant transpercer par la pluie d'été.

Un sourire involontaire me vient aux lèvres. Je pense... Je ne pense à rien : je deviens le gris du jour, le collant du sable, la nausée somnolente de la tempête, à quelques pas de moi. Je marche, poussé par le vent. Là-bas, quelque part au-dessus de Skagen, le ciel est violet-noir. Mais les toits demeurent invisibles et l'idée même de Skagen semble improbable. Du sable qui vole, de la mer et du vent. C'est comme une fièvre d'enfance. On est à la fois mal et bien, emporté dans un décor irréel où l'on voudrait se fondre, se lover. Je longe le bord de l'eau ; la plage commence à s'incurver, mais le sol est trop lourd. La première dune se dessine. Je vais vers elle, et malgré l'effort de l'ascension, c'est bon de sentir sous mes pas le sable volatil, entre les herbes blondes ployées au ras du sol.

Voilà, je suis en haut. Je respire profondément.

L'horizon est clos, mais la sensation d'espace enivre, mêlée au grondement de la mer, au déferlement du vent. Puis mon regard descend. Je n'avais pas vu se dessiner à mes pieds cette espèce de niche douce et courbe où le sable est resté presque blanc. Quelqu'un est assis là, accroupi, les genoux contre les épaules. Quelqu'un qui n'a pas pu me voir venir. Quelqu'un qui aime s'enfoncer au plus fort de la pluie, et rester blotti là, à regarder la mer, enfoui dans la fraîcheur du sable blanc. Quelqu'un qui a les cheveux roux, mais ce ne sont plus des flammes. Des mèches éparses, frisées de gouttes d'eau, voletant sur le col d'une capeline beige.

Non, Julia n'a pas senti ma présence. Il faudrait sans doute que je m'efface, et redescende la dune comme si de rien n'était, gêné d'avoir surpris sa solitude comme un secret. Mais une force me pousse à rester là, à saisir cette image qui ne m'appartient pas. C'est stupide. Si elle se retourne à présent, les mots vont être difficiles. Elle, si sauvage, sera furieuse d'avoir été débusquée, espionnée. Mais elle ne se retourne pas. Et c'est moi qui m'approche, avec une audace que je ne me connaissais pas, sans même songer à formuler une première phrase. Je suis debout derrière elle, je pourrais la toucher, mais le vent redouble et elle demeure prostrée, le regard au large. Il faut que je m'accroupisse à ses côtés pour qu'elle prenne conscience de ma venue. Elle n'a pas le sursaut horrifié que toute autre aurait à sa place. Juste un tressaillement, et ce regard si grave qui pèse aussitôt sur moi. Sous le ciel gris, ses yeux ne sont pas dorés mais d'un jaune mat presque inquiétant. Elle ne dit pas un mot. Je me souviens trop bien de mon ridicule, à la gare de Nemours, et je ne risquerais pour rien au monde une banalité crispée. La mer bourdonne, et je crois que la pluie tombe plus fort encore. Et puis ce regard à regard qui devrait être insoutenable passe au fil des secondes de l'étonnement à l'attente, de l'attente à une espèce d'intimité fragile, surprise d'avoir à répondre à tant de questions informulées. Avec un parallélisme complice, nos regards se déprennent, se détournent vers la mer. Quelques instants de laine mouillée, de sable froid, d'herbes agitées. Mon bras sur son épaule. Elle ne se dégage pas. Elle ne s'abandonne pas. La rumeur, le silence.

Skagen, le 20 août 1884.

— Ça y est ! Il est là, il est revenu ! Debout, camarades ! Dormir après l'aube est un péché aujourd'hui !

La voix de Soren Kroyer ébranlait les cloisons. Il martelait du poing les portes de toutes les chambres, éveillant des grognements furieux, des bâillements nostalgiques. Entrouvrant ma porte, je vis se découper dans le couloir la silhouette de Christian Krohg, en chemise de nuit, les cheveux ébouriffés :

— Chien de Danois ! Vas-tu me dire de qui tu oses ainsi claironner le retour ?

— Mais de celui qui nous faisait languir au point que nous n'osions plus espérer sa venue. Regarde ! fit Soren en prenant son ami par l'épaule, et ouvrant toute grande la croisée. Oui, le soleil, ami Christian. Le soleil est revenu sur Skagen, et demande qu'on le célèbre !

En quelques secondes, ce fut un joli branle-bas, aux quatre coins de l'hôtel Brondum. Chacun s'habillait à la hâte, dévalait les escaliers, ingurgitait à la sauvette un bol de café. Comme dans un rêve, nous nous retrouvâmes tous sur le Markvej, riant et chantant. Soren et Christian, Viggo et Martha Johansen, Oscar Björck, Julia et moi : il semblait aller de soi que nous devions rester ensemble, et nous livrer à un cérémonial qui s'imposait de lui-même au fil des minutes. Chez les Ancher, Michael nous attendait, sourire aux lèvres, campé sur les marches de son nouveau perron :

— Anna finit de donner le sein à Helga. Nous vous suivons, mes amis !

Et la petite troupe prit son essor vers la plage, enrichie de trois nouveaux éléments, Helga blottie contre la veste de velours de son père. En passant devant l'église, nous entendîmes quelques phrases de Bach. Aussitôt, Soren se précipita, ramenant bientôt à son bras l'organiste, Hélène Christensen, confuse et ravie, et l'apostrophant vigoureusement :

— Allons, Hélène, c'est au grand jour que la joie de Dieu se manifeste aujourd'hui ! Bach lui-même veut que sa musique se chante au soleil !

Et de fait, Soren se mit à entonner *Que ma joie demeure*, bientôt suivi par tous. Il nous précédait, tourné vers nous, et mimant avec une exagération comique les mouvements d'un chef d'orchestre. Avec sa veste et son pantalon de toile blanche, son grand chapeau blanc fiché de guingois sur la tête, son petit lorgnon planté sur le bout du nez, il avait l'air à la fois d'un seigneur et d'un clown. Les femmes étaient belles dans leurs longues robes flottant au vent. Anna Ancher toute en blanc, avec son doux sourire calme et grave — et même son nez busqué lui allait bien, donnait à son profil une paisible majesté. Hélène Christensen étrennait une robe aux fines rayures mauve et bleu marine. Mais les plus jolies étaient assurément Martha Johansen et Julia. Martha, pommettes hautes, dents de lapin tendre et regard d'écureuil, si mince dans une ample jupe écossaise bleu pétrole et bordeaux, avec un chemisier sombre éclairé par un col blanc. Julia enfin, dans cette robe vert sombre qui allait si bien à la pâleur de son teint, à la rousseur de ses cheveux. Seule à ne pas porter le chignon, elle allait les cheveux libres, et je cherchais en vain le fer de son regard.

Depuis ce jour de pluie dans la dune, nos rapports étaient devenus étranges. Nous pouvions parler sans effort de sujets anodins, nous retrouver sans gêne côte à côte au cours des tumultueux repas de l'hôtel. Et parfois, quand nous nous éloignions, nos regards finissaient par se croiser, se suspendre, s'interroger longtemps avec une douceur douloureuse. Un lien fragile, inexistant peut-être, et qui me devenait pourtant ce que j'avais de plus précieux au monde.

Je le revois, ce premier vrai soleil sur la plage de Skagen. Quel éblouissement soudain, quand nous eûmes dépassé la crête du sable ! Christian Krohg se mit à courir comme un fou, poussant des cris suraigus, jetant là ses sandales, plus loin son pantalon et sa chemise. Nu enfin, il se jeta dans l'eau sous les vivats et les huées mêlées de notre chorale. Mais moi, resté en arrière, je ne pouvais m'arracher à la contemplation d'un lieu nouveau, qui ne ressemblait guère au Skagen dramatique des jours de pluie. La mer, aveuglante sous les myriades d'éclats du soleil, avait une teinte si claire, d'un bleu presque de myosotis qui s'accordait avec une perfection fragile au sable soudain blanc cassé. Le vent soufflait encore, mais il n'était que pure ivresse, célébration de l'envol. Et moi qui m'étais souvent demandé depuis mon arrivée dans le Jutland pourquoi Kroyer ou Krohg avaient déserté les bords ensoleillés du Loing, je comprenais soudain. Le soleil de Skagen, la lumière de Skagen étaient bien plus que de la lumière et du soleil. Ils recelaient aussi en filigrane la longueur de l'attente, la fragilité de leur apparition. Ce bleu de lait, ce blanc à peine grisé brillaient d'une intensité mystérieuse, qu'un souffle pouvait balayer.

Chacun s'était assis à présent dans le sable, à

bonne distance de son premier voisin. Ensemble et seuls. Il convenait de se taire en regardant le soleil en face, les yeux mi-clos. Je ne sais combien de temps nous restâmes ainsi. C'était l'heure creuse de la matinée, quand on ne sait trop s'il est dix heures, onze heures. Quelque chose dans l'air vous dit que vous avez le temps de boire le temps. Les vagues se couchaient en silence, et le piaillement des mouettes soulignait en contrepoint toute cette paix offerte. La petite Helga s'était endormie, toute en boucles blondes, lovée dans la jupe d'Anna.

— Ce soir, nous dînerons dans le verger.

Anna Ancher avait dit ces mots tout doucement, pour ne pas réveiller sa petite fille, mais chacun avait entendu, et s'était réjoui, tant l'hospitalité des Ancher était chaleureuse.

— Je crois même que ce sera l'occasion de sortir quelques bouteilles de champagne français ! ajouta Michael en caressant sa longue barbe blonde.

Plusieurs sifflets admiratifs saluèrent la générosité de cette promesse.

— Eh bien, amis, finit par lancer Oscar Björck, dont le crâne dégarni commençait à virer au rose bonbon, il nous reste peut-être à mériter par notre travail ces tentantes agapes !

— Bien dit, Björck ! lança Soren en écho.

Il avait enlacé nonchalamment Hélène Christensen, qui tentait de se dégager, les joues en feu.

— Il ne sera pas dit que la communauté de Skagen aura sollicité en vain le char d'Apollon ! confirma Christian Krohg en secouant le sable de ses sandales.

De fait, l'après-midi vit un joli déferlement de chevalets, de toiles blanches sur la plage. Les villageois se pliaient aux exigences des peintres avec une docilité amusée. Michael Ancher avait demandé à deux pêcheurs de poser près de leur chaloupe, le filet sur l'épaule, et les deux hommes, à la fois ravis et gênés de cet immobilité inhabituelle, quittaient leur poste à la moindre occasion pour venir jeter un regard inquiet sur l'esquisse.

La plupart des embarcations avaient été tirées sur le sable, et les enfants y déposaient leurs vêtements pour aller se baigner. Kroyer avait d'abord ébauché une scène joyeuse où l'on voyait les enfants nus se risquer frileusement dans l'eau, qui restait froide. Puis il avait différé ce premier projet pour s'intéresser à une petite fille, en robe bleu marine et chapeau noir :

— Tu ne vas pas te baigner ? demanda-t-il en s'approchant, le pinceau à la main.

— J'aime pas l'eau, répondit la fillette avec une moue boudeuse, sans le regarder.

Alors Soren vint installer son chevalet près d'elle et prit une autre toile pour saisir l'amusante silhouette. Les mains dans le dos, le ventre en avant, si sombre devant l'éclat de la mer, la petite fille contemplait ses camarades piailleurs avec une espèce de stoïcisme résolu.

Anna Ancher et Viggo Johansen s'étaient lancés dans un portrait du vieil Ulf, le chemineau, campé devant la mer avec un sourire satisfait, une pipe glissée dans sa bouche édentée. Mais bien vite, Anna avait dû quitter sa tâche, car Helga avait faim. À la lisière des dunes, Oscar Björck et Christian Krohg coursaient un jeune garçon récalcitrant qui avait soudain quitté le groupe où il devait figurer.

Seule de tous les peintres, Julia n'avait pas apporté son chevalet. Assise en tailleur, elle crayonnait sur un simple cahier, un peu distante et comme désabusée par cette fièvre créatrice qui s'était emparée de tous les autres.

Et moi j'allais de l'un à l'autre, heureux sans trop savoir pourquoi. Je n'avais rien à faire et ce n'était plus un souci, mais la plénitude d'une joie sans cause réelle, qu'il ne fallait pas analyser, mais boire au ciel lavé, au soleil étonnamment chaud de la fin août. Aux yeux de mes amis peintres, je gardais le vague alibi de ces articles à rédiger. En étaient-ils dupes ? Aucun d'eux ne me posait plus de questions à ce sujet. Bien sûr, je me sentais différent, sur cette plage où chacun fêtait le beau temps en le célébrant dans l'action. Je ne ressemblais guère aux enfants pataugeant dans l'eau, aux pêcheurs qui allaient reprendre la mer, aux peintres inspirés, dont le remue-ménage prenait un caractère artisanal bien éloigné des solennités de l'art. Seule, la petite fille en bleu marine... Mais j'étais tout le contraire. Demeurer spectateur, en retrait, en lisière des autres, me donnait une paix profonde, et je me sentais fait pour regarder. Bien sûr, par les nuits d'insomnie, une étrange brûlure me montait au creux de la poitrine, l'angoisse de ne savoir quoi faire au juste de ma vie. Mais là, sous le soleil de Skagen, le monde était un spectacle. Les peintres le savaient, le couchaient au plus vite sur leurs toiles. Et moi je regardais les peintres peindre. Je les plaignais un peu de leur pouvoir. Ils étaient doués pour savourer les choses de la vie, mais s'en détachaient aussitôt pour les éterniser, convertir le regard en gestes fébriles jetés sur une toile.

Malgré l'ardeur du soleil, la soirée promettait d'être fraîche, et Anna vint très tôt nous annoncer que la table était prête. Anna et Michael n'avaient pas eu encore le temps de s'occuper de leur jardin. Mais les lauriers étaient beaux, contre la barrière d'entrée. Anna avait dressé là une table de fortune, couverte d'une nappe blanche. Michael avait approché des bancs, et les deux fauteuils du salon qui trônaient curieusement au milieu des herbes hautes. Tout était posé sur la table : les fruits, les filets de poisson, le vin dans les carafes et tous les pains, du plus blond au plus brun. Mais où Anna avait-elle trouvé le temps pour confectionner une somptueuse tarte au citron meringuée ?

Je commençais à m'y connaître en fait de repas bourdonnant d'effervescence, de cris, de rires, d'assiettes et de verres entrechoqués. Mais ce jour-là, la longueur de l'attente et le bonheur inespéré de déguster un dernier soir d'été avaient rendu tous les convives déchaînés.

Christian avait apporté sous sa veste trois bouteilles de château-latour venues des caves de l'hôtel Chevillon. Hélène Christensen et Julia elles-mêmes riaient à gorge déployée, et repoussaient mollement les objurgations d'Oscar qui voulait absolument les faire chanter en duo.

Le gâteau dégusté, pendant que Michael partait chercher ses bouteilles de champagne avec des mines de conspirateur, Soren s'approcha de moi :

— Ulrik, tu vas filer dans ma chambre prendre le matériel de photographie. Quelque chose me dit qu'il y aura là une scène à garder !

La photographie était devenue depuis quelque temps la marotte de Kroyer. Sa venue en France lui avait permis de cultiver cette passion naissante. Il avait fait venir de Paris, à grand renfort de précaution, un volumineux attirail qu'il n'avait pu utiliser en plein air jusque-là. J'avais de petites compétences dans ce domaine, mon père s'étant intéressé un temps à ce nouveau moyen d'expression. Aussi Soren me considérait-il comme une sorte d'assistant-photographe — rôle qui me convenait tout à fait, et justifiait un peu mon dilettantisme.

Quand je revins de l'hôtel, mon trépied sous le bras, à l'autre main le gros appareil à soufflet, l'ambiance avait monté d'un ton encore, et comme il est souvent de mise dans ces cas-là, on sentait qu'elle pouvait basculer d'un moment à l'autre vers un sentimentalisme appuyé.

Soren demanda bientôt le silence, en tapant avec sa fourchette sur une des bouteilles au goulot doré que Michael avait apportées.

— Mes amis, déclara-t-il solennellement tandis que je finissais d'installer l'appareil, je tiens à ce que notre ami Ulrik saisisse pour nous tous cette image précieuse.

À ce moment, Julia, qui ne devait guère aimer ce genre de discours, s'esquiva vers la cuisine en prétextant d'une vague tâche ménagère.

Sans se troubler, Soren reprit :

— Nous n'avons aujourd'hui rien d'autre à fêter que le bonheur d'être réunis par une douce soirée chez nos chers Anna et Michael — et je n'oublie pas Helga. Permettez-moi de porter un toast simplement parce que nous sommes ensemble et vivants. Hip hip hurrah !

L'éclair de magnésium se déclencha sur ces paroles.

Hip hip hurrah ! Ils sont là, dans la lumière de l'été, levant leur flûte de champagne. Sous l'arche des lauriers, le soleil ocelle de taches mouvantes la nappe damassée. C'est un moment très pur. Pas une ombre de jalousie, de rancœur, de tristesse. Bien sûr, il fallait que ce soit dans le jardin d'Anna et Michael. Mais c'est Soren qui a lancé le cri. Derrière son lorgnon, le doigt pointé vers Degn Brondum, il ajoute une bêtise, je ne m'en souviens pas. C'est juste après le cri, quand le « hurrah » est retombé déjà. Les bras restent levés, l'enthousiasme suspendu : c'est juste cette seconde engourdie qui flotte, après l'explosion de la joie. Un instant saisi dans l'espace, vaguement hébété, une ivresse de soleil blond, de champagne léger, d'amitié presque impudique. Quelqu'un demandera :

— Et pour Helga, pas de champagne ?

Anna posera une goutte de champagne sur les lèvres du bébé qui fera la grimace. Mais ce n'est pas encore cela. C'est la seconde ronde qui succède au toast lyrique et bon enfant de Soren.

Ensemble et vivants... Les hommes se sont tous levés, à la fois hiératiques et goguenards. Les femmes sont restées assises, un peu moins éméchées, ou fatiguées par le service du repas. Anna retenue par Helga, bien sûr. Hélène penchée en arrière, pour témoigner à sa manière de la folie qui gagne l'assemblée. En bout de table, Martha semble à la fois présente et détachée.

Elle vient de se rasseoir, et le sourire qu'elle adresse à ce déferlement de joie pose un voile de distance sur l'innocence du présent. Nos hommes sont un peu fous. Notre bonheur est un peu fou. Mais je les aime ainsi, sous les lauriers d'Anna et Michael. Voilà les mots qui naissent du sourire de Martha.

Soren a-t-il trop bu de château-latour et de champagne ? Faut-il avoir trop bu pour saluer l'instant, bousculer la pudeur des silences et dire la chaleur que chacun sent couler en lui ? Faut-il avoir trop bu pour nommer le bonheur quand il passe ?

J'arrête cette image dans l'éclair du magnésium. Elle nous habite tous déjà. Elle habitera l'œuvre de Soren Kroyer durant quatre ans. Elle m'habitera bien plus longtemps encore. Car c'est le soir de ce jour-là que je trouvai le télégramme de Karin en revenant à l'hôtel Brondum :

« Ulrik — rentre à Paris — ton père décédé — nous t'embrassons. »

Faut-il nommer le bonheur quand il passe ?

Paris, octobre 1884.

Il y avait cette lettre, qu'il avait laissée sur son bureau. Mon oncle Frédéric me la remit avec une discrétion emphatique, et je crois bien avoir horripilé toute la famille en attendant d'être seul pour la lire, ce soir.

Ulrik,

Pardonne-moi. Je n'ai pas toujours su vivre avec elle. Mais je sais aujourd'hui que je ne peux vivre sans elle. Les mots n'ont jamais été mon fort. Mais il faut que tu saches qu'au-delà des apparences de notre vie banale et bien réglée, je ne vivais que pour elle. Ce que je ne savais être et dire dans la vie, j'aurais voulu l'exprimer autrement. Pour elle. Mais la peinture, qui m'a donné tant de joies, ne m'a pas accordé ce pouvoir si injuste qu'on appelle le talent.

Je sais combien tu vas te sentir seul. Mais à Grez et à Skagen tu as croisé le chemin de ceux qui savent le vrai de l'existence. Ta vie à leur côté prendra un sens. Qu'elle soit libre, tout le reste n'est qu'illusion. Pour moi, je n'ai plus le courage de donner le change, d'exercer jour après jour un métier que je n'ai jamais aimé, et qui ne cache plus ce vide au fond de moi.

Ce poids qu'il a laissé sur moi. Y a-t-il des enfants libres ? J'avais toujours senti comme un remords ce désir de créer que mon père avait jour à jour abdiqué. Il faisait allusion parfois à son milieu familial rigide, conformiste. J'entendais en contrepoint ce qu'il n'osait pas affirmer : son fils, par contre, avait bénéficié très tôt d'une culture artistique vivante. On l'avait emmené dans les musées parisiens. Il avait vu travailler sur le motif tous les peintres de Barbizon et de Fontainebleau. Plongé dans cet univers, quelque chose avait sûrement déteint sur lui...

Quelque chose avait déteint, sans doute. Mais rien de ce que mon père n'avait espéré. Les musées m'avaient toujours prodigieusement ennuyé. Ils me volaient les parties de barres aux Tuileries, de pêche au bord du Loing. Contraint dans mes habits du dimanche, je devais admirer des tableaux où l'on voyait des paysages au bord de l'eau, des enfants libres plongeant dans les rivières ou courant dans les champs, un filet à papillons à la main. Pourquoi fallait-il donc enfermer la vie dans ces cadres lourds et dorés dont la symétrie morne au long des grands murs blancs tenait du cimetière ?

Je m'en suis voulu, les premiers temps, de penser davantage à moi qu'à lui, de me sentir moins triste qu'oppressé, écrasé par tout ce qu'il attendait de moi, sous l'apparence d'une liberté dont il fixait les normes. Peut-être voulais-je éviter de penser aux circonstances de sa disparition. Au sujet de son suicide, on attendit que je pose des questions. Mais je ne souhaitais pas savoir. Mon père avait « mis fin à ses jours », suivant la formule de ma tante Agathe. L'abstraction presque douce de cette expression me suffisait. Je ne souhaitais pas donner à sa mort les images d'une dramatisation scabreuse.

Mes oncles et ma tante m'entourèrent d'abord d'une affection spectaculaire. Il fut question de plusieurs maisons où « je serais chez moi ». Je surpris des conversations où j'apparaissais comme le passage obligé d'une problématique familiale difficile à dissiper. Puis, au fil des jours, je sentis cet intérêt pour ma modeste personne devenir plus convenu. Ma tante avait des problèmes de relations avec ses filles, mais bien sûr tout cela n'était que vétilles au regard du malheur « de ce pauvre Ulrik ». « On a toujours assez de courage en soi pour supporter le malheur d'autrui », écrivait La Rochefoucauld.

Au demeurant, je ne souhaite pas me montrer injuste à l'égard d'une famille ni pire ni meilleure qu'une autre. Simplement, les trois personnes qui m'aimaient vraiment avaient disparu ; les prochaines cerises dans le jardin de Grez promettaient d'être amères, personne n'y pouvait rien. Je ne me voyais guère traîner ma mélancolie ou ma gaieté simulée dans les salons de l'oncle Frédéric ou de la tante Agathe. Non, mes cousines ne seraient jamais « pour toi comme des petites sœurs » — leurs boucles blondes m'avaient un temps impressionné, mais je les trouvais désormais de plus en plus stupides. Quant à occuper seul notre appartement de la rue du Marché-Saint-Honoré, c'était au-dessus de mes forces.

Il me fallut pourtant m'y résoudre, le temps « d'organiser la succession » suivant la délicieuse expression de maître Hergot, le notaire de la famille. Je ne me sentais pas de taille à succéder à qui que ce soit. D'ailleurs, il s'agissait moins de succéder que d'être, mais maître Hergot ne possédait pas de dossier concernant ce dernier point. Derrière son jargon et sa petite barbichette, je crus pourtant déceler chez lui une vraie compassion.

— Alors, vous souhaitez vendre ?

Oui, bien sûr, je voulais vendre l'appartement.

Comment imaginer rester dans ces pièces où tous les vestiges de mon enfance me disaient en même temps la lente agonie de ma mère, le suicide de mon père, et ce mal de vivre commun qui semblait épouser la courbe des meubles, les dessins des tapis ?

— Je crois comprendre votre sentiment, monsieur Tercier, reprenait le notaire. Il s'agit d'un très bel appartement, bien situé. Avec le revenu de la vente, vous pourrez sans problème trouver autre chose...

— Je ne chercherai pas autre chose...

Pour le coup, maître Hergot remonta ses lorgnons en me fixant d'un œil éperdu.

— Oui, c'est la propre volonté de mon père de ne pas me voir m'attacher au genre de vie stable qu'il a connu lui-même. Ce souhait figurait expressément dans la lettre qu'il avait laissée pour moi.

Cela m'ennuyait d'avoir à divulguer le contenu de ce message secret, mais je ne voyais pas d'autre façon d'émousser la stupéfaction du notaire.

— Je suppose que vous voyagerez... Au moins dans un premier temps...

Et comme je ne volais plus à son secours, il en revint, après un silence contraint, à des aspects plus terre à terre de son sacerdoce :

— Pardonnez-moi. J'ai l'air de me mêler... N'y voyez que l'intérêt que je porte à votre situation. Hum... De toute façon, la propriété de Grez reste indivise. Par ailleurs, vos parents possédaient un ensemble de revenus et de valeurs qui vous ôtent toute inquiétude matérielle...

— Maître, je vous fais toute confiance. Continuez à vous occuper de tout cela. Mais si vous pouviez abréger mon supplice en trouvant au plus vite un acquéreur pour l'appartement...

Ce furent de sombres jours. Sortir dans la rue, côtoyer la joie de tous m'était difficile. Quant au silence de ma chambre, du salon... Et puis il y eut cet après-midi de la fin septembre. Une pluie d'automne battait les carreaux. Je ne sais trop pourquoi j'étais allé traîner mon ennui dans le cabinet de consultation, tout au fond du couloir. Enfant, la pièce me fascinait et me répugnait en même temps. Tous les miasmes des malades qui s'y étaient succédé imprégnaient les murs. D'ailleurs, je n'y allais jamais. Mon père en fermait la porte à clé, le soir, et ma mère devait insister pour qu'il revienne en maugréant « aérer » en ouvrant la fenêtre.

Je consultais distraitement les dossiers médicaux, les livres austères réunis dans la bibliothèque, quand je sentis sous mes doigts, derrière un gros volume relié de cuir noir, une infime démarcation dans la cloison. Grattant du bout des ongles, je finis par réussir à tirer vers moi ce qui se révéla être une petite porte aménagée dans la paroi du mur. Déjà j'avais deviné ce qu'elle cachait, et la raison pour laquelle mon père fermait toujours son cabinet avec tant de précautions.

Il y avait bien là une trentaine de toiles de tailles diverses, mais le plus souvent de petit format. Des paysages, un ou deux portraits, des natures mortes surtout. Je les disposai au hasard de la pièce, contre une chaise, un canapé, et même dans le couloir de l'entrée. L'ensemble manifestait une maîtrise étonnante pour un amateur. Cette nature morte avec des pommes, un pot d'étain, que j'avais appuyée contre le pied du bureau empire... Le dessin en était ferme, les brillances des pommes traitées avec une excellente technique. Les plis du linge sur la table dessinaient d'habiles golfes d'ombre. En même temps, cela ressemblait à tant de choses que j'avais déjà vues. Il me semblait entendre la voix de mon père :

— Il faut d'abord savoir imiter !

La phrase revenait souvent dans mon enfance, accompagnait indifféremment mes balbutiements devant le piano ou mes brouillons de narration. Je rêvassais, le porte-plume entre les dents. Il entrait en coup de vent, jaugeait mes occupations d'un coup d'œil par-dessus mon épaule, jetait avec une jovialité déplaisante ces mots qui ne signifiaient rien pour moi. Que fallait-il imiter ? La lecture de *La Mare au diable* ou du *Conscrit de quatre-vingt-treize* ne risquait pas de me donner les clés de ce rebutant sujet à traiter pour le lendemain : « Décrivez la construction du pont du Gard. »

Il faut d'abord savoir imiter... Comme ils se chargeaient soudain d'une résonance nouvelle, ces mots tant de fois entendus ! C'est le « d'abord » qui prenait à présent toute son importance. De cette soumission à un principe qui lui semblait d'évidence, mon père avait toujours attendu une récompense, ce déclic qui lui permettrait de trouver son propre univers. Mais les toiles que j'avais sous les yeux n'annonçaient rien de tel. Le petit portrait de ma mère, pourtant, était tout à fait réussi. Très naturelle, les cheveux couverts d'un foulard bleu pastel, elle penchait légèrement la tête, et ce mouvement dessinait un cou gracile, une attitude légèrement moqueuse et fragile. C'était sans doute tout au début de leur rencontre — la toile n'était pas datée — mais je sentais dans cette image une vérité légère, impalpable. C'était ma mère comme je ne l'avais pas connue, celle que mon père n'avait jamais su tout à fait saisir — celle dont il était resté jusqu'à la fin le chasseur taciturne et désolé. C'est drôle. Je le croyais fort parce qu'il restait bougon et silencieux. Et voilà que je découvrais cette faille en lui, que je l'en aimais bien davantage — mais il était trop tard. Jamais sans doute il ne s'était autant approché d'elle qu'en réussissant ce frêle portrait tout en mouvement, un peu de bleu pastel, un regard clair, ce cou de sphinge.

Les paysages me plaisaient moins. Mélancoliques bords du Loing, champs d'automne noyés dans la brume, on y ressentait trop l'influence de Corot, de Daubigny. Je souffrais en les regardant comme mon père avait dû le faire en les comparant aux pontons, aux lavoirs de Carl, de Karin ou de Soren. Je demeurai longtemps songeur devant toutes ces toiles dont les bords s'effilochaient, souvent — pas une n'était encadrée. Dehors la pluie redoublait, et le vent tourbillonnant précipitait contre les vitres des feuilles égarées venues des Tuileries. Déjà il fallait allumer les lampes. Alors, je me mis à ranger tristement les tableaux dans leur cachette. Mais je gardai le portrait au foulard bleu.

Grez, novembre 1884.

Quelle étrange sensation de fouler les feuilles des marronniers au bord du Loing. C'était la première fois que je découvrais Grez aux couleurs de l'automne. J'avais toujours abandonné la maison des vacances à la fin de l'été, quand le goût des mûres encore acides se mêlait à la mélancolie d'abandonner mon domaine. Après, c'était Paris, où grand-mère nous rejoignait de temps en temps — et je laissais dormir en moi l'idée de Grez jusqu'au printemps suivant.

De la rumeur incessante des oiseaux dans le ciel d'été, il ne restait qu'un grand vide, ponctué çà et là par le croassement d'une corneille. Plus d'éclaboussements, plus de linge battu sur la pierre des lavoirs. Plus personne sur la terrasse de plaisir, où les chaises penchées contre les tables n'espéraient plus le moment du café, le moment du vin chaud. De loin en loin, un tir sourd de chevrotine résonnait dans la forêt proche. Et ce déferlement de vigne vierge rougeoyante ondulant le long des murs de l'hôtel Chevillon, et parfois submergeant le toit. Feuilles d'un rouge presque translucide ou feuilles vieilles dames, cramoisies, recroquevillées, graves, feuilles encore vertes et déjà d'un rose imperceptible et triomphant qui va se décliner sur tous les tons jusqu'au grenat.

— C'est drôle, fit Carl doucement. Quand on parle d'automne, ce sont les mots « septembre », « octobre » qui viennent en tête. Et chaque année pourtant, c'est novembre qui est le vrai mois de l'automne.

Étrange aussi, cette promenade à pas lents aux côtés de Carl et de Karin. Nous n'avions pas vraiment besoin de mots. De temps en temps, une phrase se détachait, calme et grave comme la chute d'une feuille. La maternité allait bien à Karin, autant que cette longue cape de velours rouge dans laquelle elle s'était drapée — mais ses petites oreilles s'écartaient toujours aussi drôlement devant son chignon bien tiré, et ses grands yeux rencontraient les miens avec une douceur ancienne qui savait exprimer toutes les tristesses nouvelles. Carl, quant à lui, se montrait très différent du grand meneur de fêtes de l'été. Il tenait contre lui la petite Suzanne, qui s'était endormie, et me faisait parler de la vie à Skagen. J'y mettais une flamme un peu naïve, car Skagen m'apparaissait à présent comme le seul havre capable de réunir un monde où je pourrais trouver ma place. Carl m'écoutait avec un léger sourire, en jouant du bout des pieds avec les feuilles amoncelées. Puis je me lassai d'exalter la communauté danoise, — gêné d'avoir autant mis en avant l'attitude de Soren Kroyer, celle aussi du couple formé par Michael et Anna Ancher — Carl et Karin n'avaient-ils pas joué le même rôle au sein de l'hôtel Chevillon ? Un long silence suivit, habité seulement par le rythme identique de nos pas. Carl désigna un vol de canards sauvages dont le V disparut bientôt au-dessus de la tour de Ganne. Puis il dit doucement :

— Ce qui est sûr, c'est qu'ils ont eu raison de retourner là-bas. La France fut pour nous tous une terre d'accueil. Mais nous avons tort de penser que la lumière de l'Île-de-France était la seule qui vaille. À trop rester ici, nous ne saurions devenir que les comparses des impressionnistes français. L'Île-de-France a Monet, Renoir, Sisley. Nous, nous avons nos propres racines. Kroyer est un vrai chien de Danois du Jutland ! Il faudra bientôt que Christian Krohg se sente norvégien, que Karin et Carl Larsson se souviennent qu'il existe en Dalécarlie des lacs aux reflets extraordinaires...

— Vous songez à quitter Grez ?

— Non, pas tout de suite, intervint Karin.

Suzanne est bien petite pour un long voyage. Et puis nos amis comptent sur nous pour Noël ici. Karl Nordström, August et Siri Strindberg nous en voudraient de les abandonner maintenant. Mais au printemps, oui, je crois que nous reviendrons à Stockholm. Après tout, on peut bien vivre sans les Larsson...

Il y avait un peu d'amertume dans la dernière phrase de Karin, mais j'y perçus également une question qui me concernait en particulier. Pouvait-on vivre sans les Larsson ? J'avais du mal à répondre par l'affirmative. Devant tout ce vide qui s'ouvrait devant moi, ils étaient le seul recours. Eux seuls m'avaient aidé vraiment à traverser tous ces jours noirs. Eux seuls surtout m'apportaient, avec l'amitié de leur présence, l'image d'une vie possible, l'évidence que le bonheur pouvait bien être de ce monde. Et si je pensais à Skagen, c'était encore l'idée de Karin et de Carl qui m'y suivait. Bien qu'elle s'en soit quelque peu détachée, Julia restait l'amie la plus proche de Karin — et plus encore qu'à la présence là-bas de Kroyer, mon désir de Skagen était lié désormais à Julia. Karin s'assit bientôt dans les feuilles et nous l'imitâmes. Suzanne s'était réveillée, et Carl la faisait rire aux éclats en la brandissant au-dessus de sa tête.

— Fêteras-tu Noël avec nous à Grez, Ulrik ? demanda Karin en s'emmitouflant dans sa cape — un petit vent aigre se levait à présent, ridait la surface du Loing, annonçant une averse prochaine.

— Oui, sans doute... J'espérais que tout serait réglé très vite, mais le notaire m'a fait comprendre qu'il me faudrait sans doute attendre le printemps avant de repartir.

— Ce sera encore une belle fête, lança Carl en écho. Nordström sera là, et aussi Heidenstam, un écrivain ami de Strindberg. Toute la famille d'August, évidemment, et deux Danoises que Siri Strindberg affectionne — pour ma part je ne les aime guère. Ajoute encore à cela trois peintres américains plus fous que des Suédois... tu vois, la communauté de Grez n'est pas tout à fait morte.

Mais après un silence, il ajouta plus gravement :

— Pour nous, ce sera la dernière fête à Grez. Un mouvement de fronde est en train de se lever à Stockholm. Les jeunes artistes se révoltent contre le conformisme de l'académie des Beaux-Arts, l'injustice des commandes officielles. Nous ne pouvons les laisser seuls dans ce combat. Notre place est là-bas.

Karin s'était emparée de Suzanne, et soufflait si légèrement sur ses cheveux clairs et fragiles :

— Nous aurons été heureux ici ! soupira-t-elle.

— Vous le serez ailleurs, Karin ! lançai-je avec un empressement qui les fit sourire tous deux. Que deviendrions-nous, si vous n'étiez heureux ?

La pluie s'était mise à tomber. Karin cacha Suzanne sous sa cape, et nous revînmes à grands pas vers le pavillon lui aussi noyé de vigne vierge. C'était déjà une pluie froide qui n'éveillait pas de parfums, mais donnait seulement l'envie de revenir au chaud des cheminées, à l'ambre des lampes. Karin proposa un chocolat, et pendant qu'elle le préparait, je partis errer quelques instants au hasard de l'hôtel. L'envie me prit même de descendre jusqu'à la cave — besoin d'être seul, peut-être. Léonie avait disposé sur des claies toutes les pommes du verger.

Cette odeur qui me prend soudain. C'est comme un souffle chaud qui se donne dans l'ombre. L'odeur a pris tous les bruns, tous les rouges, avec un peu d'acide vert. L'odeur a distillé la douceur de la peau, son infime rugosité. Les lèvres sèches, je sais déjà que cette soif n'est pas à étancher. Rien ne se passerait à mordre une chair blanche. Il faudrait devenir novembre, terre battue, voussure de la cave, pluie, attente. L'odeur des pommes est douloureuse. Elle fouille en moi, cherche des saveurs étouffées. Je voudrais tant pouvoir vivre au présent. Et voilà que la moindre sensation trace des pistes de mémoire. Je reste là. Je suis si seul, soudain, dans cette odeur de pommes.

Skagen, juin 1885.

Soren Kroyer est l'homme qui a dit je veux être léger. Je veux aimer l'été. Je ne veux pas comprendre. Regarder. Est-il idiot ? Parfois, quand il revient de longues marches dans les dunes, son sourire est si extatique. L'épicier Hansen le trouve horripilant :

— Dans ces cas-là, vous pouvez bien faire la conversation tout seul ! Il vous regarde avec son grand sourire, comme si vous aviez dit quelque chose d'extraordinaire. Vous parlez de n'importe quoi, les tempêtes d'équinoxe, le prix du hareng qui augmente avec les mauvaises pêches. Et lui, au bout d'un moment, il vous met la main sur l'épaule, et vous lance, très solennel : « Tu as raison, Hansen, c'est toi qui as raison ! — Raison de quoi ? On voulait juste causer, sans plus. Mais quand il fait son illuminé ! »

Je ne sais pas s'il fait son illuminé. Mais il

nous illumine. Toujours vêtu de blanc, il est comme un nuage. Il court sur la plage, les bras écartés, boit le soleil et le vol des goélands. Depuis les premières journées chaudes, il va dormir le plus souvent dans les dunes. On le voit le soir quitter l'hôtel, une couverture sur l'épaule. Il revient au matin les yeux émerveillés, rougis par le froid et la montée de l'aube. Il nous regarde comme s'il tombait d'une autre planète. Alors l'un d'entre nous le hèle avec une plaisanterie quelconque :

— Hé, Soren, ces divinités de la nuit ?

Kroyer sourit, s'attable au petit déjeuner, fait semblant de redescendre sur terre. Mais nul n'est dupe. Cet homme-là marche à nos côtés, en apparence. Mais il est fait pour voler. Ici, il a trouvé son territoire. Lui qui a passé des années à sillonner l'Europe, d'Italie en Espagne, de Sicile en Sardaigne, ne parle plus jamais de voyager. Skagen est devenu son seul voyage. Anna Ancher s'est étonnée de le voir supporter l'hiver, si long, quand on n'est pas d'ici. Mais il a répondu que l'attente inventait le pouvoir de l'été.

Est-il amoureux d'Hélène Christensen ? Anna ne le croit pas. Personne ici ne le croit vraiment. Il paraît qu'Hélène est enceinte. Elle s'est confiée à Martha, et à Anna, bien sûr. Mais elle n'a pas osé encore en parler à Soren. Ce n'est pas si facile. Je pense qu'elle a peur de la réponse. Peur pour elle, mais peur pour lui aussi. Elle craint que cette nouvelle ne déchire toute la vie de Soren, toute la vie de Skagen. Elle recule chaque jour. Anna lui a proposé de parler pour elle, mais Hélène l'a suppliée de n'en rien faire. Alors, ce secret s'est installé peu à peu entre nous, et nous rapproche. Il nous éloigne de Soren. Nous le regardons revenir de la plage, tombé d'un autre ciel. Chacun de nous a en lui de quoi tuer toute cette joie. Et c'est comme si elle n'en était que plus belle. Il est un peu comme un enfant heureux à qui on n'oserait annoncer la maladie qui le condamne. Bien sûr, cela ne pourra pas durer. Mais chaque jour de l'été à Skagen est comme un éclat de lumière, et le cours de la vie doit savoir s'arrêter pour le laisser briller.

Bien sûr, avec les premiers beaux jours, Soren, Christian, Oscar, Viggo sont revenus peindre sur la plage. Anna ne les accompagne plus. Durant l'hiver, elle a commencé à traiter des sujets plus intimes, des scènes d'intérieur. C'est toujours près d'une fenêtre, ou dans le cercle d'une lampe, un univers paisible qui contraste avec les marins ruisselants et rudes de son mari Michael. Elle peint des petites vieilles cousant, des femmes faisant la cuisine devant des théories de casseroles en cuivre, Helga endormie sur un sofa. Au départ, elle a choisi de travailler ainsi parce que c'était plus facile pour rester aux côtés de sa fille. Mais peu à peu elle y a senti le début d'une quête différente. Autant que les sujets choisis, c'est la lumière indirecte, estompée de ses nouvelles toiles qui la mène sur un autre chemin.

Viggo Johansen a profité aussi des jours de mauvais temps pour peindre de nombreux tableaux où l'on voit Martha, souvent de dos, occupée à des tâches domestiques — ils ont loué une maison de pêcheurs près de la plage. Christian Krohg est devenu leur ami le plus proche, et il a réalisé au début du printemps plusieurs portraits de Martha.

Mais maintenant, c'est le bleu qui les tient, l'insaisissable bleu de Skagen — comment tant de douceur lavande peut-elle miroiter dans tant d'espace libre, gonflé de vent, étourdissant ? Il y a dans leurs tableaux des enfants, des barques, des pêcheurs, une silhouette féminine s'éloignant dans le contre-jour. Mais au-delà, c'est toujours le bleu changeant qu'ils apprivoisent, et qui semble s'éloigner d'eux quand ils s'en approchent, comme une ligne d'horizon.

Le vieux Ulf a dit que la saison serait belle — le vent était au sud, le jour de la sainte Lucie. Et depuis les pluies d'avril, c'est vrai que le soleil est fidèle au rendez-vous — chaque jour est un nouvel étonnement.

Soren ne peint pas que la plage, toutefois.

Une toile l'obsède. Une toile dix fois esquissée, abandonnée, reprise.

— Je l'appellerai *Hip hip hurrah !*, m'a-t-il dit en me tendant une petite épreuve de la photo que j'avais prise, un an auparavant.

Et devant mon incertitude :

— Oui, c'est un titre qui peut sembler étrange. Mais c'est ça : *Hip hip hurrah !*, juste une explosion de joie un peu folle et l'amitié parfaite, un dernier soir d'été.

Le cliché n'est pas très bon. À l'arrière-plan, les hommes baignent dans un flou grisâtre. On distingue cependant la silhouette de Kroyer levant son verre. Les femmes sont plus nettes, et les visages de Martha et d'Anna se détachent fidèlement. Depuis, Michael a remplacé la simple palissade par une jolie barrière basse peinte en vert gris. Les lauriers ont poussé... D'ailleurs, Soren n'utilise la photo que pour y prendre quelques repères. Chaque soir, après la plage, à l'heure où la lumière commence à décliner comme cette soirée du 20 août, il revient dans le jardin d'Anna et Michael. Il a demandé à Anna la nappe du repas de l'année précédente, et trois esquisses déjà ont été consacrées à la seule texture épaisse, damassée du tissu constellé de taches de lumière. Pour une autre étude, il a demandé à Anna de se rasseoir sur le banc, Helga sur les genoux. *Hip hip hurrah !* n'est plus un tableau, mais dix, quinze tableaux plus ou moins fouillés, plus ou moins nuancés, où apparaissent parfois les personnages, ou seulement les bouteilles, les verres, les lauriers.

Ce travail me fascine. Soren prétend qu'il mettra peut-être des années à réaliser la toile définitive. Des années pour une seconde ; des années pour un toast né dans l'euphorie du moment. Pour moi, le souvenir de cette soirée est si mêlé. La mort, la vie, le noir et la joie. Soren a-t-il pensé à ce qu'était pour moi cette bulle de lumière ? Je ne sais pas. On ne peut jamais dire s'il est capable de penser vraiment aux autres. Mais il nous mène et nous contient. Je ne figurerai pas sur la dernière toile — mais j'étais l'œil de la photo. Pour cet instant infime et pour la nuit qui a suivi, je regarde Kroyer peindre *Hip hip hurrah !*. L'année s'étire au fil d'une seconde.

Skagen, juillet 1885.

Une autre ne sera pas sur le tableau de Soren. Mais ce n'est pas un hasard. Julia avait déserté la scène au moment précis où elle sentait que le lyrisme de Kroyer allait s'épancher.

— C'est drôle, Ulrik, me dit-elle un jour. Malgré ton éducation, tu es plus scandinave que moi. J'ai passé toute mon enfance à redouter ces toasts grandiloquents que les gens de chez nous se croient obligés de porter, à la fin des fêtes familiales — de préférence quand un peu d'alcool facilite l'émotion. Mon père adorait ça. Car ce sont toujours les hommes qui osent ce genre de discours. Ils exercent le pouvoir de définir l'atmosphère, de rassembler tous les destins présents. Bien sûr, ce n'est qu'une convention. Je sais que tu l'admires. Moi, elle m'horripile.

— Mais enfin, Julia, Soren est tout le contraire d'un conventionnel !

— Précisément, c'est cela qui m'agace. Je sentais qu'il allait retrouver ce soir-là des accents que je trouve conformistes pour saluer ce qu'il y a de plus libre et de plus éloigné de l'ordre social : une communauté d'artistes.

— Tu mélanges tout, Julia. Crois-moi, ce courage qu'ont les Scandinaves pour arrêter le temps, pour se regarder vivre l'instant, n'a rien d'un conformisme. Chez moi... D'abord il y avait peu de fêtes. Mais quand c'était la fête, les soirées se passaient sans que jamais personne n'ait su dire aux autres qu'il les aimait. Appelles-tu cela de la pudeur ? Alors, j'aimerais bien ne plus jamais être pudique. La vie passe, on se perd. Mais quand on se rassemble, surtout pas de sentimentalisme. On fait assaut d'esprit, d'ironie, on se dispute pour une pièce de théâtre ou pour de la politique. Voilà comment les choses se passent en France. Je sais trop l'amertume qu'il en reste, à la fin d'une vie. Aimer les gens quand il n'est pas trop tard, au prix même d'un peu d'emphase... Risquer ce ridicule est beau, Julia. C'est chaud et c'est vivant. Nous ne sommes pas nés seulement pour demeurer pudiques...

C'était le soir. Nous étions assis sur la plage, entre les barques. À quelques pas, des pêcheurs devisaient autour d'un feu. Était-ce cette lueur orangée, ou l'éclat de la lune montante ? Le bleu de la nuit prenait un ton presque de mauvais goût, d'un mauve lourd de velours étouffant. Julia me regarda longtemps sans répondre. Avait-elle répété ma dernière phrase ? Ce n'était peut-être que l'insistance de son regard. Depuis la gare de Nemours, nos rapports étaient sans cesse mêlés de paroles de plus en plus faciles et de silences divergents, parfois si naturels et complices, et d'autres fois tendus, éprouvants. Mais j'aurais voulu vivre cent fois le silence de ce soir-là, qui nous fit nous lever, puis marcher lentement à la frange des vagues. Un petit vent s'était levé avec la marée. Au loin, on apercevait les lumières de l'hôtel Brondum, et l'on entendait même quelques phrases aigrelettes de piano. Soren, ou Christian ? Nous nous amusâmes quelques instants à essayer de deviner qui lançait ces bouffées de valse par les vitres ouvertes, un soir d'été. Lequel de nous deux avait-il pris la main de l'autre ? Aucune des deux questions ne trouva de réponse.

Nous avancions doucement vers le cap de Skagen, et loin des pluies sauvages de l'année précédente, ce n'était qu'une promesse de solitude calme et lumineuse — la lueur intermittente du phare se mêlait à celle des étoiles. Lequel de nous deux se dirigea-t-il le premier vers les dunes ? Comme le sable devenait fluide et frais ! Au fur et à mesure que nous escaladions la dune, la rumeur du cap se faisait plus forte. Nous étions là, tout près du lieu farouche où les

109

courants se mêlent. Au bout de quelque chose, au bord de quelque chose...

Lequel des deux fit-il l'amour à l'autre ? Il me sembla ce soir-là que les gestes naissaient ensemble, dans une fièvre alentie, tremblante et maîtrisée — comme si trop de hâte eût injurié le mystère des silences qui nous poussaient l'un vers l'autre. Les cheveux dénoués de Julia se mêlaient aux herbes longues, et l'odeur de sa peau à celle des rosiers sauvages. C'était fragile et important. Un autre langage où rien ne pouvait plus mentir. C'est étrange comme les gestes de l'amour s'effacent dans le souvenir. Il y eut sans doute quelques maladresses, quelques ridicules, un fou rire au moment de nous rhabiller tant bien que mal, sous le vent plus fort. Mais j'ai gardé seulement ce désir plus haut que le désir de sauver un enjeu, de prendre un risque sans briser tout à fait le secret. Nous sommes restés longtemps couchés dans les herbes, le regard tourné vers les eaux du Kattegat et du Skagerak qui se croisaient dans l'ombre. Et cette fois je suis bien sûr que Julia répéta mes propres mots, tout près de mon oreille, avec une ironie tendre et légère.

— Nous ne sommes pas nés seulement pour demeurer pudiques !

Grez-sur-Loing, le 28 juillet 1885.
Karl Nordström à Oscar Björck.

Mon cher Björck,
Le croirais-tu ? En quelques semaines, Grez
est devenu un enfer. Ne m'en veux pas si c'est
toi que je choisis pour m'épancher. J'avoue
n'avoir pas le courage d'écrire à Karin et Carl
Larsson. Leur absence semble tellement liée à
cette atmosphère empoisonnée qui s'est abattue
sur nous... J'étais si fier d'avoir été à l'origine de
la communauté scandinave de Grez ! Qu'en
reste-t-il ? Jamais été ne fut si chaud, jamais les
barques et la terrasse de plaisir aussi désirables.
Mais nos cœurs sont de glace.
Strindberg n'y est pour rien, et en même
temps je ne peux m'empêcher de penser que sa
seule façon d'être et de voir la vie annonçait la
gangrène qui nous ronge.
Mais de quoi s'agit-il, me diras-tu ? Eh bien,

111

sans doute te souviens-tu de ces deux Danoises qui s'étaient installées dans la maison qui jouxte le pont, tout près de l'hôtel Chevillon ? Je ne sais trop ce qui les avait attirées là — sans doute la nouvelle, de plus en plus répandue, que toute une vie scandinave se créait à Grez. À l'époque où tu avais séjourné ici, elles restaient très discrètes — et puis la peinture n'était pas leur fait. Elles vivaient de leurs rentes, apparemment, avec un goût marqué pour la consommation de boissons alcoolisées et un autre, moins dissimulé encore, pour le culte de Lesbos.

Je ne sais quelle mouche a piqué Siri Strindberg, mais figure-toi qu'elle est devenue l'amie de ces deux folles. L'amie... et sans doute un peu plus. On les a vues toutes les trois se promener de plus en plus souvent ensemble par les rues du village, avec des rires de plus en plus sonores et provocants, et prendre un malin plaisir à se tenir par la taille, juste en passant devant l'hôtel — où Mme Strindberg abandonne de plus en plus fréquemment ses deux filles. Ma main tremble de colère en écrivant ces mots.

Et que crois-tu que fait August ? Aucun éclat, aucune mise au point — ce n'est pas son style. Non, il est simplement devenu sombre comme la mort, et presque demi-fou à force de remâcher sa honte. Je ne sais combien de temps cela va durer. August tourne en rond dans sa chambre — soi-disant pour terminer son livre sur la campagne française. Pendant ce temps, les autres s'affichent, et les ragots, tu imagines.

Tout ce beau monde n'envisage nullement de s'exiler, pourtant. S'ils restent encore un peu, notre aventure se terminera de saumâtre manière. Et quelle image laisserons-nous ici ? sans doute me diras-tu que j'ai tort de m'impliquer à ce point dans cette affaire. Mais à la fierté d'avoir suscité la communauté de Grez succède un sentiment de responsabilité bien amer.

Cela m'a fait du bien de te parler. Écris-moi. Dis-moi ce que tu peins. Dis-moi que les gens de Skagen savent vivre et créer ensemble.

Je t'embrasse,

Karl.

Skagen, août 1885.

Julia peignait le bleu de Skagen. Ses tableaux pourtant ne ressemblaient guère à ceux de Michael ou de Soren. Jamais un personnage, ou alors très lointain, silhouette anonyme au bout de la plage. Mais la même portion de paysage : un peu de mer, un peu de sable, un peu de dune à l'horizon. À toutes les heures du jour, dans d'infimes dégradés de blanc cassé, de bleu de lait, de bleu lavande... Elle avait d'abord répugné à montrer ce qu'elle faisait, partant sur la plage à la pointe du jour ou bien au crépuscule. Mais à Skagen, on ne pouvait prétendre s'isoler indéfiniment pour créer — tous auraient ressenti cette attitude comme une offense.

Alors Julia s'était résignée à subir les plaisanteries de Soren, qui passait à côté de son chevalet et lui lançait :

— Ah ! Le bleu pour le bleu ! Toujours le

refus de l'anecdote, mademoiselle Julia Lundgren !

Julia haussait les épaules, remettait en place une mèche de cheveux qui lui mangeait le visage, ne répondait rien. Mais quelquefois, le soir, dans la salle à manger de l'hôtel Brondum, de longues discussions s'ébauchaient autour de la table. J'aimais ces instants de lisière, à la fin d'une longue journée d'été. La saison avait été si belle, si précoce que le mois d'août prenait déjà un goût d'automne. La nuit tombait plus vite, il faisait trop frais pour parler sous les étoiles dans le jardin d'Anna et Michael. Alors on se tassait dans le cercle de la lampe à contrepoids baissée. Degn Brondum servait des petits verres d'aquavit ou de liqueur d'airelle. Les hommes s'habillaient d'un autre bleu, dans la fumée de leurs cigares, et Julia ou Martha les accompagnaient quelquefois. Christian Krohg se mettait au piano. Aux danses endiablées de l'été, nous préférions désormais les chansons reprises en chœur. Sur le piano légèrement désaccordé, les notes acides donnaient aux romances les plus convenues une tonalité désuète et drôle, ironique et sentimentale. Et souvent, Christian nous amusait d'une parodie de son cru.

Sur un thème de chanson célèbre, il avait improvisé ce soir-là, caricaturant comiquement à la fois les « artistes du bonheur », dans lesquels il se rangeait à l'évidence aux côtés de Kroyer, de Larsson, des Ancher, et les prophètes de « l'art absolu », où l'on reconnaissait aisément Claude Monet — mais peut-être également les démarches récentes de Julia.

Une clameur enthousiaste salua sa prestation. Se moquer de soi-même et des autres était la distraction favorite des hôtes de l'hôtel Brondum. Assise de profil, les pieds posés sur les barreaux de ma chaise, perdue dans la fumée d'un long et fin cigare, Julia rit aussi de bon cœur. Christian était resté au piano, tourné vers nous, les bras croisés, avec un air à la fois narquois et triomphant, Julia sourit doucement, hochant la tête et soutenant le regard de Krohg. À l'excitation bon enfant de l'instant précédent succédait déjà cette qualité de silence qui annonce les paroles mûries.

— Bien joué, Christian, murmura enfin Julia de sa voix la plus grave. J'espère quand même que tu te reconnais aussi peu dans ces « jardins mesquins » que je ne me retrouve dans les « abstractions transcendantales ».

Et tapotant lentement son cigare au-dessus d'un cendrier — mais sa main tremblait — elle ajouta :

— Ne fais surtout pas de moi une intellectuelle désincarnée, Christian. Je suis tout le contraire. Et si je ne croyais pas à votre peinture, il y a longtemps que j'aurais quitté Skagen. Mais simplement, c'est vrai, je n'ai pas envie de peindre les gens. Peut-être tout bêtement parce que je ne sais pas le faire !

— Accusée, vous ne vous en tirerez pas ainsi ! tonitrua Kroyer à l'autre bout de la table en désignant Julia d'un doigt vengeur. Et se tournant vers l'assistance, il poursuivit :

— Messieurs les jurés, j'ai eu la chance d'avoir sous les yeux quelques pièces à conviction qui ne figurent pas dans le dossier. Il s'agit d'esquisses de portraits remarquables effectués par la prévenue à Grez-sur-Loing. Je peux affirmer que votre refus de peindre le singe debout relève d'une attitude délibérée, mademoiselle Lundgren !

Malgré les accents bouffons de Soren, personne n'était dupe du sérieux de la mise en cause, et c'est dans un climat de gêne que Julia répondit :

— Eh bien, oui, Soren, pourquoi ne pas l'avouer, je n'ai pas le même goût que toi pour peindre le bonheur ! Pour moi, Skagen est une lumière, que je voudrais capter, la plus pure possible, sans rien qui puisse la dater, l'atténuer...

— Mais que fais-tu de la vie, Julia ? intervint Anna en abandonnant son petit verre de liqueur. Nous sommes tous en quête de lumière. Mais cette lumière passe sur les choses, les êtres que nous aimons. Ce que tu appelles un peu dédaigneusement le bonheur, c'est cette fragilité de la lumière qui s'arrête une seconde sur notre petit spectacle. Pour moi, la beauté du décor vient aussi du talent des personnages...

— Oui, reprit Soren en écho. La vie n'est pas si méprisable. On n'a encore rien trouvé de mieux !

Et profitant des quelques rires suscités, il reprit, plus mordant :

— Je sais que c'est la mode en ce moment de parler comme tu le fais, Julia ! Seule la lumière compterait, et il faudrait la décliner infiniment sur tous les tons, comme pour prouver que les choses ne sont pas les choses — mais seulement la lumière, et seulement notre regard. Il y a beaucoup de vrai dans tout cela, mais un peu d'excès également. Nous-mêmes ici, à Skagen, Larsson et Nordström à Grez, nous avons combattu et combattrons l'académisme dans tout ce que nous peignons. Mais ce n'est pas pour tomber dans une abstraction déshumanisante.

La voix de Soren s'altérait de plus en plus, et il était devenu très pâle.

— Pardonnez-moi, dit-il après quelques instants en retrouvant un ton moins vindicatif, je n'ai pas l'habitude d'aborder de tels sommets oxygénés. J'arrête avant de m'enrhumer ! Un peu d'aquavit, Degn, par pitié !

Quelques rires résonnèrent encore sous la lampe, mais la gêne demeurait. Je sentais Julia si seule dans son camp, si mortifiée malgré le sourire crâne qu'elle affichait à grand-peine, que j'osai me lancer :

— Peut-être suis-je mal placé pour intervenir dans ce débat, car je ne suis pas peintre, mais je pense que votre opposition n'en est pas une. Vous tous ici, et Julia, vous peignez la lumière de Skagen. La seule chose qui vous sépare, c'est cette idée du bonheur.

Et, me tournant vers Anna, je poursuivis :

— Je ne crois pas que Julia méprise le bonheur. Mais simplement le bonheur n'est pas sa quête. Pourquoi serait-il l'affaire de tous ? Il y a trois cents ans, les hommes n'auraient même pas pu imaginer la place que ce mot tiendrait un jour. Ils vivaient, cependant... Avec votre peinture de plein air, chaque fois que vous mettez des hommes et des femmes en situation, vous célébrez une image positive de la vie : la baignade, les fêtes, les repas d'amis. Pour vous, c'est la vie même. Et pour Julia, ça ne serait peut-être qu'un mensonge.

Étonné par ma propre audace, par cette éloquence soudaine qui ne semblait pas venir tout à fait de moi, je scrutai les visages, sans rien déchiffrer. Mais je rencontrai soudain le regard de Julia, une infime seconde. Elle croisait son châle noir sur sa poitrine. Nous avions fait l'amour un soir, au creux des dunes, sans nous rejoindre tout à fait. Mais là, pour la première fois, je la sentis prochaine.

Sundborn, décembre 1885.

Traverser le paysage de gel et de neige, emmitouflés dans les fourrures et les couvertures, à la fois transis et si protégés. C'était comme un rêve d'enfance. La voiture filait sur ses skis, et son chuintement sur le sol durci se mêlait au trot sourd de la jument.

— À présent, nous sommes en Dalécarlie ! lança Carl triomphant en se retournant, les rênes à la main, et tirant de l'autre sur son passe-montagne pour se faire entendre.

Nos trois têtes dodelinèrent en une vague approbation. Pour ma part, j'avais du mal à voir ce qui changeait vraiment. Peut-être davantage de bouleaux, mais si maigres, avec leurs fines branches noires perlées de givre. Davantage de lacs encore, plus resserrés, n'affleurant plus la plaine, mais se découvrant à présent après de courtes pentes où notre équipage avançait au pas. Troisième jour de voyage ! Certes, nous ne progressions guère par ces journées d'hiver où le soleil se levait à dix heures et se couchait à trois, l'après-midi. Il me semblait pourtant que Stockholm n'était plus qu'une vue de l'esprit. Malgré les paroles rassurantes de Larsson, c'était d'une beauté stupéfiante et morbide : de la neige éblouissante au grand soleil, à cette nuit mauve des lacs gelés, quand l'ombre ou la brume gagnaient... Un rêve ou bien un cauchemar. Çà et là, aux abords d'un village aux maisons de bois peintes avec ce rouge sombre de Falun dont Carl m'avait tant parlé, on entendait des rires d'enfants patinant sur la glace. Mais le plus souvent, c'était le silence, l'austérité des sousbois de pins, la sensation vertigineuse de glisser vers un espace de plus en plus sauvage.

Une petite folie sans doute. Mais pouvait-on refuser les folies de Carl ? Julia avait à peine eu le temps d'embrasser sa mère qu'il nous parlait déjà de cette maison perdue dans la campagne que le père de Karin avait dans l'idée de leur offrir un jour — comme pour mieux s'assurer que leur fille vivrait en Suède, désormais. Alors Carl s'était enflammé, comme il savait si bien le faire. Emporté par ce déferlement d'enthousiasme, il avait fallu convenir qu'un voyage de trois jours en traîneau à travers la campagne glaciale était une suggestion des plus tentantes. On avait confié Suzanne à M. et Mme Bergoo, les parents de Karin, et la folie avait pris corps. Au reste, Carl avait bien ménagé son plan. Notre deuxième étape, notamment, dans la petite ville de Norberg, avait été inoubliable. Nous étions arrivés là-bas grelottant de froid, angoissés par la nuit qui s'était abattue sur la piste plus d'une heure avant l'étape. Une auberge chaleureuse, des tranches de renne fumé servies devant un poêle bouillant nous avaient réconciliés avec l'existence. Mais le plus étonnant restait à découvrir. Le lendemain était en effet le jour de la sainte Lucie, et nous avions été réveillés par des jeunes filles du village pénétrant dans nos chambres, une couronne de bougies allumées sur la tête, en riant de notre surprise.

La lumière. Elle prenait un autre sens ici, mais pouvait faire comprendre tout le prix que les Larsson donnaient aux nuances de Grez, toute la passion que Julia avait éprouvé d'emblée pour le bleu de Skagen. À Norberg, au creux de l'hiver, la lumière était d'abord celle qu'on inventait, la lumière des bougies vacillantes, lumière de l'intérieur désirable. La tradition de la sainte Lucie donnait un air de fête à cette peur de plonger pour de longs mois du côté de l'ombre.

Mais c'est pourtant le soleil qui semblait l'emporter, à présent que nous approchions de Sundborn. Il devait être aux alentours de midi, et le ciel devenait d'un bleu sûr, rendant la neige éblouissante. La piste suivait les contours d'une rivière. Celle-ci s'élargit bientôt, dessinant une vaste boucle où trois barques restaient prisonnières de la glace. Juste en surplomb s'élevait une vaste demeure :

— Le *Grand Hyttnäs !*, indiqua Carl d'un ton froidement objectif.

Et retrouvant sa fièvre coutumière, il nous désigna bientôt une baraque incertaine, mangée par des formes blanches arrondies — sans doute des buissons de ronces ployant sous la neige :

— Et voici le *Petit Hyttnäs !* Tout le monde descend !

Mon regard croisa celui de Julia. J'y lus comme en miroir la perplexité, puis l'amusement. Sans la présence de Karin, je crois que nous aurions éclaté de rire. Trois jours de voyage pour arriver devant cette presque cabane, inhabitée sans doute depuis des décennies ! Mais Carl, ravi, barbotait déjà dans une neige où l'on s'enfonçait jusqu'au genou, et nous invitait à le suivre :

— Venez mes amis, regardez. Ce sera notre jardin. Il y a sept bouleaux ! Signe de bonheur, c'est évident. Pour le reste, je saurai me retrousser les manches.

Et désignant la rivière, il ajouta :

— En été, elle regorge d'écrevisses ! Et puis nous ferons un plongeoir pour les enfants. Car nous aurons beaucoup d'enfants, n'est-ce pas Karin ? C'est une maison pour les enfants !

Même au meilleur temps des fêtes de Grez, je n'avais jamais vu Carl dans cet état. Au-delà de l'excitation, il semblait emporté par une certitude prophétique, et ses yeux brillaient d'une chaleur nouvelle. Certes, je trouvais le site de Sundborn intéressant, avec la rivière et l'étang, le doux promontoire sur lequel la « maison » avait été construite, mais j'avais du mal à le distinguer des dizaines de villages que nous avions laissés derrière nous. Peut-être la sensation de solitude et d'espace y était-elle plus grande encore. Mais la beauté glaciale de ces lieux enneigés m'empêchait d'en ressentir la singularité. Et puis je n'avais guère la capacité d'imaginer toutes les transformations que l'on pouvait apporter au *Petit Hyttnäs*.

À l'inverse, Carl se trouvait déjà dans un autre domaine : celui qu'il tenait déjà tout entier dans sa tête, et dont il nous faisait les honneurs comme s'il existait. La serrure gelée résistait, mais Carl, agenouillé dans la neige, souffla longuement dessus, et elle finit par se laisser faire. Il nous fit pénétrer à sa suite dans la maison, qui se révéla plus vaste que son aspect extérieur ne le laissait supposer. Des toiles d'araignées gelées voilaient les recoins des fenêtres. La lumière pure de l'hiver entrait à flots, et malgré l'austérité de quelques meubles rustiques empoussiérés, tout avait un caractère magique — c'était comme un palais désert qu'eût habité la fée du froid.

Devant l'étroite fenêtre qui donnait au loin sur l'étang, Carl s'arrêta :

— Nous ferons une grande baie vitrée ici, et le soleil éclaboussera nos repas de famille !... et aussi les amis qui auront le courage de venir jusqu'à nous ! ajouta-t-il.

— À ce propos, je crois que certains ont fait le plus dur aujourd'hui ! lança Karin.

— Tu as raison, fit Carl en se tournant vers Julia et moi, et en nous serrant contre sa pelisse rêche.

Ce petit instant d'émotion passé, il reprit :

— Oui, c'était sans doute une petite folie de vous emmener jusqu'ici dans ces conditions. Mais pour l'un comme pour l'autre, j'avais des raisons profondes de souhaiter que vous soyez les premiers à découvrir ce qui sera notre maison, et davantage encore.

Il se tenait très droit, la main posée sur la boule de bois, en bas de l'escalier, avec cette solennité qui n'était le plus souvent que dérision à l'égard de lui-même. Mais je ne sentais pas la moindre trace d'ironie. Il nous entraîna dans tous les combles, les greniers, les moindres recoins cachés de la vieille baraque. Puis ce fut le tour des dépendances, qu'il envisageait déjà de raccorder au bâtiment principal par des couloirs, des vérandas. Une discussion s'éleva bientôt à ce sujet entre Karin et lui.

Nous les laissâmes dans la grange. Dehors, le soleil fléchissait déjà, traçait jusqu'au lac une piste orangée sur la neige bleuie. Au loin, les contours de la forêt devenaient mauve et noir — seuls, près du sol, les troncs des bouleaux posaient encore quelques taches plus claires. Nous nous approchâmes de l'étang. La belle glace vive du grand midi prenait à présent des reflets inquiétants, d'un gris opaque, empoussiéré çà et là d'un peu de neige molle. Un silence parfait. Julia, dans la longue fourrure que Karin lui a prêtée. Des mèches rousses frisées par le gel dépassent de son capuchon noir, et dans son visage avivé par le froid ses yeux reprennent cet éclat presque jaune qu'ils avaient sur la plage de Skagen, un jour de pluie.

Comme nous sommes seuls, si près des projets de Karin et de Carl, soûlés par ce déferlement d'enthousiasme ! Chacune des phrases de Larsson nous rendait plus lointains. À présent, l'étang de Sundborn est tout à nous : une ombre sur la neige, et le silence noir. Comme pour dissiper ce malaise, je m'approche de Julia pour l'embrasser — mais au dernier moment, je pressens que son visage va se détourner. Je ne le supporterais pas, et c'est moi qui m'arrête. Nous restons là, gourds et frileux. Carl et Karin n'en finissent pas d'habiller l'avenir dans les écuries du *Petit Hyttnäs*. C'était si bon d'être près d'eux et cela fait si mal, soudain. Nous leur tournons le dos, mais ils sont encore là. Sur l'étang de Sundborn, je n'entends pas les cris d'enfants.

Skagen, le 10 janvier 1886.
Anna Ancher à Ulrik Tercier.

Cher Ulrik,

Merci pour tes bons vœux. Je suis heureuse
que tu aies pu passer les fêtes de fin d'année à
Stockholm, auprès des Larsson. La petite
Suzanne a dû être la reine de tous ces instants.
Je t'imagine très bien en train de la prendre
dans tes bras pour la faire danser autour du
sapin. Ici, bien sûr, c'est Helga qui a joué ce
rôle. Elle a tellement changé. Il faudra que
Soren se décide à finir cette année son *Hip hip
Hurrah !* — sinon, toutes les études qu'il a faites
avec Helga sur mes genoux lui paraîtront bien
étranges !

Je vous envie cette neige profonde dont tu
parles dans ta lettre. À Skagen, nous n'avons eu
qu'un petit voile mêlé au sable, que le vent a
dispersé. Il faisait presque doux, et nous avons

fait une longue marche avec Michael au long de la plage. Bien sûr, nous nous sentions un peu seuls. Soren est à Copenhague, et Christian à Oslo... Comment se dire que les beaux jours reviendront, que vous reviendrez tous ? Je voudrais tant aussi que Julia retrouve le chemin de Skagen l'année prochaine. Peux-tu lui dire ? J'ai si peur que notre attitude l'ait détachée de nous, l'été dernier — je sens que sa peinture est si vraie, si forte...

Pour moi, j'ai profité des mauvais jours pour terminer *La Femme dans la cuisine*, en train d'éplucher ses légumes. Hélène Christensen est revenue poser plusieurs fois. La lumière par le rideau jaune n'est pas mal je crois, bien meilleure en tout cas que ce que tu avais vu.

Michael se joint à moi pour vous saluer tous, les Larsson et Julia. Suzanne et Helga seront-elles amies un jour ? Le temps passe si vite, et les rencontres ne se font pas toujours. À travers ce que tu me dis de Sundborn, et malgré tout l'humour de ton récit, j'ai senti ce que Carl et Karin Larsson avaient envie de créer là, au bout de tant de luttes, de tant de courses folles à travers l'Europe : un lieu retiré de la fureur du monde, où peindre et vivre deviendraient un seul verbe. Un jour, peut-être, les Larsson iront à Skagen, ou bien les Ancher à Sundborn. Skagen, Sundborn... C'est le même voyage.

Bonne année, Ulrik. Reviens-nous aux beaux jours.

Anna.

P.-S. Hélène Christensen n'attend plus d'enfant.

C'est au creux de cet hiver-là, dans la glace et la neige de Suède, que je sentis tout le silence de ma vie. Depuis la mort de mes parents, je m'étais laissé porter par les événements, les rencontres. Il me fallait m'étourdir, éviter de regarder trop en arrière. Et puis j'avais sans doute ce don de me lover comme un chat dans l'univers des autres. À Grez, à Skagen, à Stockholm, je sentais que je ne dérangeais pas, que ma présence était même souhaitée. Qu'avais-je donc à donner ? Peut-être seulement ce pouvoir d'aimer les autres pour ce qu'ils étaient, de les conforter dans l'image fragile qu'ils se faisaient d'eux-mêmes. Carl et Karin, Soren, Anna et Michael Ancher avaient pour moi une affection naturelle. À leur façon de prononcer mon prénom, je sentais qu'il signifiait pour eux : toi qui n'es pas vraiment sur la même planète mais pourtant nous comprends, nous accompagnes. Je pouvais marcher des heures en silence aux côtés de Soren — un jour, nous étions allés de

Skagen à Tversted : près de trente kilomètres au long de la plage. Mais j'aimais me taire aussi près d'Anna, en l'aidant à éplucher les pommes de terre, décorer le sapin d'épis de blés et de rubans rouges aux côtés de Karin. Ma vertu était toute simple. Je ne posais pas de questions, ne demandais jamais où se trouvaient le couteau à éplucher, la paire de ciseaux. Je regardais faire et je faisais. Le reste m'était donné par surcroît. Des heures à partager dans la couleur des jours, sans gêne, sans apprêt.

Et puis je les regardais peindre, et ma façon de les regarder peindre ne les dérangeait pas. J'étais censé, les premiers temps, devenir un observateur de leur création. De fait, j'avais fini par envoyer à des journaux français quelques articles sur les peintres de Skagen, ou sur le mouvement de révolte des jeunes artistes suédois, aux côtés de Larsson. Leur publication m'avait donné, outre un petit plaisir de vanité, le sentiment rassurant d'un rôle à jouer auprès de mes amis du Nord. Mais les répercussions restaient bien minces — quelques commandes en France pour Carl, très peu pour les peintres de Skagen. J'écrivais pourtant, moins sur ce qu'ils peignaient que comme ils peignaient. Des notes, des instants, des climats. Les herbes blondes de Skagen, les soirées de l'hôtel Brondum ; les neiges de Dalécarlie, les lumières de Stockholm. Cela ne me menait à rien, mais je n'avais guère envie d'aller vers quelque chose. Simplement ce besoin de dire un peu le temps quand il passe — peut-être pour l'arrêter davantage.

Pour le reste, mon aisance matérielle était un luxe dont je prenais peu à peu conscience — avec douleur. Autour de moi, Carl et Karin se débattaient dans des problèmes financiers incessants. Ils avaient dû tous deux accepter des travaux d'illustration — plus ou moins satisfaisants, comme ces *Essais poétiques* d'Anna Maria Lenngren sur lesquels Carl avait passé beaucoup de temps. Mais toutes ces contraintes, loin de les réduire et de les enfermer, semblaient leur donner plus de volonté encore pour transformer le temps qui leur restait, et créer sans entraves. Moi, j'étais libre, terriblement libre. Maître Hergot m'adressait des lettres rassurantes et détaillées sur l'état de mon patrimoine. L'appartement de la rue du Marché-Saint-Honoré avait été vendu dans d'excellentes conditions à un banquier américain. Le notaire feignait de m'interroger sur l'opportunité de souscrire des emprunts d'État — et bien sûr je m'en remettais toujours à sa compétence. Sa dernière lettre évoquait la vente possible de la maison de Grez — l'oncle Frédéric et ma tante Agathe prétendaient « ne plus avoir le cœur » à passer l'été là-bas. Ma venue en France était souhaitée dans cette optique, à plus ou moins brève échéance.

Vendre la maison de Grez... C'était comme le

dernier maillon d'une chaîne qui n'en finissait pas de se défaire. Je me retrouvais lâché dans l'espace, en plein cœur d'un hiver si froid. Aucun souci matériel, assez d'argent pour vivre et voyager où et comment bon me semblait. Des habitudes de paresse qui m'enveloppaient chaque jour un peu plus, et ne me rendaient pas heureux. En même temps, ce goût venu du plus loin de moi pour contempler le spectacle, décliner jusqu'à l'absurde la volupté mélancolique du spectateur. Alors je me donnais la seule chance de donner un sens à toute cette errance solitaire et choyée : j'étais amoureux de Julia. C'était déjà comme un combat perdu d'avance — Julia ne serait jamais à personne, et je le savais trop. Ma seule et bien faible chance de me faire aimer d'elle eût été de ne pas l'aimer. Mais je n'y pouvais rien. Quelques instants près d'elle suffisaient à éclairer ma vie d'une flamme indécise qui lui donnait de vraies couleurs. Tout devenait plus simple ainsi. Skagen, Sundborn, Stockholm n'étaient que pour la suivre ; ma route était la sienne, et je ne me perdais pas.

Nous faisions l'amour quelquefois. C'était presque toujours comme la première fois, dans les dunes de Skagen : au-delà du désir physique, une tentative pour trouver entre nous un autre langage, plus vrai, plus secret, plus difficile que celui des mots. Pour le reste, nous partagions souvent nos jours, en apparence. Julia peignait infiniment le jardin enneigé découpé par la fenêtre du salon, dans la maison de sa mère, à Stockholm. J'écrivais près du feu. Nous prenions le thé avec Mme Lundgren... Nous étions bien ensemble et nous nous aimions bien — ce qui est sans doute à la fois la façon la plus cruelle et la plus douce de ne pas s'aimer.

Comment Julia eût-elle été amoureuse de moi ? Je n'étais rien. Elle ne pouvait vouer sa vie à un amour humain. Sa passion la consumait tout entière, et elle ne faisait qu'amorcer sa quête. Elle critiquait de plus en plus souvent les projets de Carl, qui rêvait de grandes fresques pour le musée de Stockholm. Elle reprochait à Karin de consacrer trop de temps à des travaux décoratifs pour sa maison. Elle voulait retourner en France, et rencontrer Monet.

Je revois ce jour-là. Une longue discussion avait éclaté chez les Larsson. Puis nous avions marché longtemps par les rues de Stockholm, Julia et moi, tristes, chacun dans sa solitude. La neige tombait, oblique dans l'éclat d'un réverbère. Elle m'avait dit :

— Tu sais, quand j'étais petite, le pasteur répétait qu'on ne peut servir deux maîtres : Dieu et l'argent... Et après un court silence, elle avait ajouté :

— Eh bien, je crois qu'on ne peut servir à la fois l'art et le bonheur.

Giverny, juin 1886.

Café-épicerie Baudy. La vigne vierge débordait un peu sur la pancarte brune aux lettres beigeâtres, légèrement écaillées. J'aimais la pluie de notes aigrelettes que déclenchait l'ouverture de la porte.

— Ne vous dérangez pas, madame Baudy, c'est moi !

Les pensionnaires avaient le privilège de pouvoir pénétrer seuls dans cet antre chaud qui sentait le fenouil et les premières fraises cueillies à quelques pas de là, entre les murs du jardin clos. Parfois, des paysans prenaient un petit blanc sur le comptoir, et s'interrompaient quelques secondes, dérangés dans leur complicité.

Mais le plus souvent j'avais la chance de humer en solitaire une bouffée parfumée de France potagère et villageoise. Quel joli fouillis, chez les Baudy ! Dans la pièce fraîche et sombre au plafond bas, on avait trouvé tant bien que mal la place d'installer deux petites tables de café, tout contre le comptoir. Au-delà commençait aussitôt un monde profus, hétéroclite, plein de rites secrets, de saveurs devinées. Haute motte de beurre, cloche à fromage grillagée, pot de grès pour la moutarde au détail, cageots débordant de fruits et de légumes. Tout cela atteignait son point d'orgue le jour où le père Baudy torréfiait son café. Le parfum qui montait alors faisait de tout l'endroit, déjà si chaleureux, une espèce de quintessence de la dégustation virtuelle, une sorte de pays d'avant sensuel et poétique qui rendait l'idée de consommation presque dérisoire. Non, le meilleur on le tenait là, durant quelques secondes dérobées sur le seuil de la porte, dans la musique du timbre qui ne finissait pas de s'égoutter.

Pourtant, Mme Baudy faisait ce qu'elle pouvait pour prolonger sur la table du soir les promesses des parfums et des couleurs. Depuis huit jours que nous avions pris pension, Julia et moi, les potines de lapin avaient succédé aux chapons farcis, les tartes Tatin aux clafoutis.

Seuls pensionnaires, nous avions été bientôt conviés à la table des propriétaires, et une intimité familiale s'était installée, comme si nous avions toujours connu les Baudy. Ils ne posaient guère de questions, vivement intéressés toutefois quand Julia évoquait quelque anecdote concernant la « maison rose. »

— Moi j'y suis allé deux ou trois fois, pour apporter des légumes. C'est que M. Monet, il plaisante pas avec son pot-au-feu ! lançait le père Baudy. Ça et le sancerre ! Il le préfère au champagne. Avant, il le faisait venir de Paris. Mais depuis qu'il a découvert ma petite cuvée montfleury 82, il va pas chercher plus loin !

— Marguerite m'a fait visiter une fois, quand ils étaient pas là ! faisait rêveusement sa femme en écho. Ça fait un peu drôle toutes ces couleurs, la cuisine bleue, la salle à manger jaune, on n'a pas l'habitude. Les enfants viennent souvent ici. Très polis, aussi bien ses garçons à lui que les demoiselles Hoschedé. Elles sont bien belles, et pas fières.

Je me sentais un peu frustré par les conversations qui revenaient invariablement tourner autour de cette nouvelle vie, née dans le village avec l'installation de Claude Monet et d'Alice Hoschedé, sa compagne. Seul de la tablée, je n'avais pas eu encore l'honneur de pénétrer dans la maison rose. Julia s'y rendait tous les jours, et en revenait les yeux brillants, indifférente à tout ce qui ne concernait pas l'œuvre et la vie de Monet.

— Tu sais, m'avait-elle dit le premier jour, il est vraiment tout ce que j'espérais. Il me conforte dans ma recherche... Nous allons peindre ensemble...

Ils peignaient ensemble, tôt le matin et toute la journée. Mais loin de l'exubérance bohème de Grez, de la chaleur conviviale de Skagen, c'était un art qui s'exerçait entre des grilles, et me laissait à l'extérieur. Bien sûr, j'étais un peu de mauvaise foi, car Monet entraînait quelquefois Julia hors de la propriété, pour peindre au bord de l'Epte. Mais même alors, je n'osais pas m'approcher. Peur de les déranger, qui me faisait sentir par contraste combien Kroyer, Larsson et tous les autres gardaient à cet égard un étonnant naturel.

Et puis timidité aussi devant la personnalité pressentie de Monet dont la silhouette broussailleuse, entrevue çà et là, n'invitait pas à la familiarité. Malgré son allure de gentleman-farmer, sa veste molle, son pantalon de velours fatigué, sa longue barbe d'étudiant prophète, on devinait en lui une conscience aiguë de son rôle et de son importance. La façon même dont il achetait une à une les terres de Giverny prenait un aspect presque despotique qui ne me plaisait guère. Mais pourquoi donner tant de raisons à mon inimitié ? Il me séparait de Julia pour lui offrir tout ce qu'elle cherchait — c'était bien assez pour le détester sans le connaître.

Je marchais tout le jour dans les collines au-dessus du village, délaissant la rivière où j'aurais pu les apercevoir. Il faisait beau. Je partais avec un sac en bandoulière où Mme Baudy m'avait glissé ce qu'elle appelait modestement « un petit en-cas ». Je m'asseyais au creux des herbes hautes. Je lisais, j'écrivais. Le plus souvent, je ne faisais rien, rêvassant pendant des heures devant le paysage étendu à mes pieds. J'avais bien conscience du danger de cette disposition à m'imprégner de tout, à devenir les choses, sans rien attendre de moi-même. La campagne était belle. Elle tenait à la fois de l'élégance de l'Île-de-France, et de l'opulence de la Normandie. C'était ce moment précieux et fragile où les champs de lin sont en fleur. Sur l'océan vert pâle, ployant, ondoyant sous le vent léger, une infime touche de bleu venait jouer dans la lumière, se répandait, puis s'effaçait. Le bleu du lin : une vague d'impalpable, flottant sur un étrange vert aux courbes douces comme l'eau. Je pensais à Skagen...

Je regrettais Skagen. Là bas, j'avais ma place, et la plage infinie. À Giverny, il me fallait sagement redescendre la colline avec le soir, et retrouver une Julia nouvelle, volubile et ravie, étonnée de mon peu d'entrain.

Un jour, elle revint avec plus d'enthousiasme encore :

— Ulrik, tu vas devoir cesser de maugréer contre Monet ! Tu ne devines pas ? Il nous invite tous les deux à déjeuner demain !

Certes la nouvelle ne me réjouissait guère. Il allait falloir faire bonne figure au grand homme, et subir sa mainmise sur tout un aréopage confit en dévotion. Au lieu de manifester la joie que Julia espérait, je me lançai dans une mauvaise querelle contre cette façon exaspérante qu'elle avait de l'appeler « Monet », comme font certaines femmes mariées avec leur époux.

— Tu n'y es pas du tout, Ulrik ! Tout le monde l'appelle ainsi. Même les enfants, même Breuil et Lebret, les jardiniers ! Pourquoi comparer ? Il ne ressemble à personne. Alors c'est « Monet », et puis voilà !

Bon gré mal gré, il me fallut donc me résoudre à la perspective de me rendre chez « Monet ». Au reste, si la fascination qu'il exerçait sur Julia m'était pénible, j'éprouvai une certaine curiosité à rencontrer le chef de file des impressionnistes au cœur de son domaine.

La saison des iris finissait. Je n'en connaissais que le type le plus courant, mauve sombre, qui poussait à Grez entre les pavés, devant la maison de grand-mère. Rien à voir avec ce déferlement qui m'attendait devant la maison rose. Des iris blancs lancéolés de bleu, d'autres carmin veinés de jaune, et d'autres encore grenat, ou bien d'un blanc crémeux. Un champ d'iris descendant doucement vers l'Epte tout au fond, le long d'un rang de peupliers ! Chaussé de hauts godillots qui enserraient jusqu'à mi-mollet son pantalon de velours à grosses côtes, Monet m'entraîna d'emblée pour un tour de propriétaire. D'une part, le maître de la maison rose menait la conversation tambour battant, soulignant toutes les transformations qu'il avait fait subir aux lieux, évoquant ses projets. D'autre part, sa façon d'être, quoique assez péremptoire, mettait très vite à l'aise. Une familiarité bourrue, qui contrastait toutefois avec la déférence que chacun lui témoignait.

Quand nous atteignîmes le terme des allées d'iris, il désigna d'un grand mouvement circulaire toutes les terres qui s'étendaient jusqu'à la rivière :

— Plus tard, je ferai creuser là un grand bassin, en vue d'une culture de plantes aquatiques. Pour le plaisir des yeux... et pour des motifs à peindre, aussi.

Il n'y avait pas grand-chose à dire. Seulement à écouter, poser quelques questions. J'avais préparé des phrases laborieuses pour expliquer ma situation — agacé de sentir qu'il fallait vaguement la justifier — mais je n'eus jamais l'occasion de les prononcer. J'étais le compagnon de Julia, et cela suffisait. Nous revînmes vers la maison, sous les arceaux où s'élançaient les premiers rosiers grimpants. Alice Hoschedé vint à notre rencontre, très simple et avenante dans une longue robe bleu marine, le chignon relevé en arrière. Sous la véranda apparurent bientôt

Suzanne, Blanche et Germaine, toutes trois vêtues de blanc, et si visiblement coutumières des invitations inopinées que les présentations se firent dans une hâte évasive qui me convenait tout à fait. Je m'attendais à rencontrer Jean et Michel, les fils de Monet, mais ils étaient à Paris ce jour-là, et c'est dans une effervescence très féminine que nous nous dirigeâmes vers la salle à manger. Quelle fête de lumière, dans cette grande salle claire où tout était d'un jaune éblouissant : les murs, les chaises, et même la nappe ! On avait laissé les deux portes-fenêtres ouvertes en raison de la chaleur, et, au-delà de la véranda, le jardin aux iris tout entier semblait convié au déjeuner.

Au centre de la table, un grand bouquet d'iris bleu pâle rappelait à la fois les couleurs du jardin et celles de la cuisine toute proche. Du même bleu, les motifs des assiettes, et même le tablier en céramique de la cheminée.

Il se dégageait de tout cela une harmonie qui vous emplissait aussitôt d'une sensation de fraîcheur, de clarté. C'était très beau, très raffiné, et, en même temps, on savait que les chaussures de jardin avaient été abandonnées dans un beau désordre, à côté des cannes, dans l'entrée, on entendait tinter les cercles de fonte de la cuisinière, on respirait l'odeur de l'oignon frit : toute cette recherche débouchait sur la vie.

Jamais sans doute, je n'eus autant à me louer

de ma nature contemplative. Il me suffisait d'acquiescer poliment aux propos de Monet. Mais je n'écoutais pas. Je flottais, vaguement étourdi par les vapeurs du mercurey, et me laissais glisser peu à peu dans une de ces somnolences éveillées dont j'avais le secret, m'imprégnant des odeurs, des saveurs, des couleurs, distillées ici avec une opulence stupéfiante, et me détachant sans effort de la comédie humaine qui n'en devenait plus que le prétexte.

Monet ne s'interrompit que pour contempler avec satisfaction le plat que Marguerite venait de glisser au centre de la table.

— Des escalopes Foyot ! lança-t-il sur un ton de triomphe. Marguerite les réussit à merveille. Le vin blanc, les oignons et le fromage comptent autant que les escalopes elles-mêmes ! Et puis, ajouta-t-il avec un geste qui semblait d'excuse, j'adore les gratins !

Mais bien vite la conversation rebondit vers des considérations picturales. Je dus même échapper un instant à ma bienheureuse léthargie pour dissiper l'inquiétude de Monet, et l'assurer que je ne laisserais pas dévier Julia de « la voie magistrale » sur laquelle elle avançait.

À l'évidence, le créateur d'*Impression, soleil levant* ne me réservait pas d'autre rôle sur la terre.

Pour le coup, l'insistance de Monet entraîna ma rêverie vers d'autres horizons. J'aimais Julia.

Sa passion pour la peinture m'interdisait tout espoir. Je n'étais pas un artiste, et je savais trop qu'elle ne pouvait aimer qu'un créateur. Fallait-il jouer un autre jeu, devenir à ses côtés le champion d'une exigence ? Je me sentais un peu perdu, devant mon soufflé aux abricots. Une lourde chaleur gonflée de tous les parfums du jardin gagnait la table. On entendait par moments le gloussement d'un dindon, dans la basse-cour toute proche. À mes côtés, Germaine, Suzanne et Blanche évoquaient une promenade en barque, mais Monet les arrêta :

— Germaine et Blanche, canotez tant qu'il vous plaira, mais j'ai besoin de Suzanne cet après-midi !

Pas une ombre de déception apparente ne parcourut le visage de Suzanne. Était-ce pour elle un tel plaisir de poser pour son officieux beau-père, ou bien fallait-il voir dans cette docilité l'effet d'un autoritarisme impérieux ? La question resta en suspens, tandis que nous prenions le café dehors, assis sur les marches du perron. Depuis quelques instants, c'est Alice qui menait la conversation. Le maître des lieux semblait absent, un peu nerveux, comme s'il eût trouvé que les réjouissances avaient trop duré.

— Alice ! fit-il brusquement, pourrais-tu aller me chercher ton grand foulard bleu ?

Mme Hoschedé s'esquiva, et chacun se leva. En passant dans l'entrée, Monet saisit plusieurs chapeaux de paille qu'il posa tour à tour sur la tête de Suzanne avec un regard interrogateur.

— Peux-tu prendre ton ombrelle, Suzanne ? Julia, j'aimerais beaucoup que vous ayez votre boîte et votre chevalet. J'ai idée de quelque chose qui pourrait être pour vous un excellent exercice. Puis, d'une voix adoucie, il ajouta :

— Nous aurons un peu de marche, mais Ulrik se fera, j'en suis sûr, un plaisir de porter votre matériel. Je voudrais vous emmener à l'embouchure de l'Epte.

Après un passage au café Baudy, nous partîmes donc tous les quatre sur la petite route blanche, si silencieuse en ce début d'après-midi. Le soleil tapait dur, et la route se révéla bien longue, mais Monet n'en avait cure, sifflotant avec un contentement détaché que je ne lui avais pas connu jusque-là.

— Voilà, fit-il enfin en désignant un talus qui se détachait au-dessus de la rivière.

Je ne voyais pas trop ce que l'endroit avait de si exceptionnel pour justifier une marche de plus d'une heure sous la grande chaleur, mais les voies de l'art sont impénétrables.

— Cette fois, tu vas te tourner vers la gauche, dit Monet à Suzanne en la guidant vers le haut du talus. Je voudrais que l'ombrelle repose sur ton épaule, et te fasse de l'ombre jusqu'à la taille. Voilà. Attends un peu.

Il saisit le foulard bleu, l'enroula autour du

chapeau, laissant glisser sur les épaules de la jeune fille un long pan du voile qui se mit à flotter sous le vent plus fort.

— C'est parfait ! fit-il en se retournant vers Julia. Nous allons nous installer ici, en contrebas. Ainsi, nous aurons un large fond de ciel, et si ces cumulus veulent bien se donner la peine de poursuivre leur course...

Tous deux plantèrent leur chevalet dans les blés déjà blonds. Suzanne était très belle, si élancée dans sa robe de mousseline serrée à la taille par une large ceinture. Mais Monet et Julia ne l'évoquaient plus que comme un élément du décor.

— C'est cela, l'ombrelle encore plus basse. Ainsi la partie éclairée de la robe se confondra avec les nuages...

Suzanne se laissait faire, en habituée des longues séances de pose — on était loin de ces gamins de Skagen que Christian Krohg devait courser dans les dunes ! À l'évidence, Julia mettait un point d'honneur à ne pas jeter un seul coup d'œil sur la toile qu'ébauchait Monet. Posté à quelques mètres derrière eux, je voyais pourtant s'esquisser deux œuvres très proches. L'un comme l'autre ignorait les détails du visage, et même des mains, pour porter toute son attention à l'infime nuance du bleu du foulard, à peine plus foncé que celui du ciel, à la différence de texture entre le blanc légèrement

147

soyeux de la robe et celui, plus crémeux, du gros nuage qui l'épousait. Et pourtant, cette silhouette presque abstraite me rappelait une autre image féminine, et peut-être un autre tableau. Ce n'était qu'une sensation vague, mais je sentais qu'un secret important se cachait là. Cela n'avait aucun rapport avec une toile de mes amis de Grez ou de Skagen. Non, c'était plus lointain, lié sans doute à cette époque où mon père me traînait dans des musées, des galeries où je m'ennuyais ferme.

— Nous avons mérité une petite pause ! fit Monet en posant sa brosse. Il s'étira longuement, les mains posées sur les reins, puis s'approcha de la mallette qui contenait tout un bric-à-brac de flacons, de tubes et de chiffons. Il en retira une bouteille entourée d'un linge humide, quelques verres courtauds. Nous nous installâmes tous les quatre à l'ombre d'un tilleul, dont l'odeur se mêlait au goût d'amande du sirop d'orgeat. Il faisait si chaud que nous bûmes lentement, en silence, et la bouteille de Monet fut vite terminée. Ce parfum d'orgeat me ramenait à Grez, où M. Chevillon ne manquait jamais de m'en offrir un verre, aux jours d'été. Ce n'était pas vraiment désaltérant ; mais la soif prenait dès lors cette saveur fade et sucrée, insistante et douce.

— C'est drôle, finit par dire Julia en contemplant de loin l'esquisse abandonnée de Monet. Nous ne nous sommes pas concertés, et pour-

148

tant nous n'avons traité ni l'un ni l'autre aucun des traits du visage...

— Et nous nous en tiendrons là, si vous voulez m'en croire ! abonda aussitôt Monet. J'avais fait au même endroit un premier tableau, où Suzanne regardait vers la droite. Le nez, les yeux étaient vaguement suggérés. Mais je comprends aujourd'hui que c'était encore trop. Pardonne-moi, Suzanne, mais s'il y a un mystère de ta silhouette, de ta présence dans ce ciel, je ne le chercherai pas dans la singularité de ton visage, si agréable fût-il...

Et Monet parlait, intarissable sur ce sujet qui semblait tant lui tenir à cœur. Julia me fixait avec une insistance facile à déchiffrer. Bien sûr, tout ce que disait l'homme de Giverny était une réponse aux attaques que Julia avait subies un soir, sous la lampe de l'hôtel Brondum. Pourtant, je sentais en moi une résistance informulée, qui cheminait sans trouver matière à se justifier. Suzanne avait fait dévier le cours de la conversation en jouant une bouderie plus affectée que réelle — c'était un peu frustrant de poser des heures pour des tableaux qui ne vous représentaient pas vraiment !

Monet la taquinait, décidément de bonne humeur. Bientôt, les nuages se firent plus nombreux, et le vent se mit à tourner à l'orage.

— Rentrons, si nous ne voulons pas être trempés, et voir notre travail réduit à néant !

Ce fut alors une jolie panique de gestes précipités et contradictoires, puis le début d'une marche de retour qui tenait presque de la course. Les ombrelles s'ouvrirent pour servir de parapluie, pendant que les premières gouttes lourdes tombaient, avivant les senteurs de la campagne.

L'odeur des pluies d'été a toujours le pouvoir de fouiller la mémoire. C'est à ce moment que me revint l'image qui cherchait son chemin. Mais oui ! Presque le même tableau, peint par Monet lui-même. C'était plus de dix ans auparavant, au Salon des Indépendants. Mon père s'était longtemps extasié devant cette toile représentant Camille, la première femme de Monet, saisie pareillement dans une longue robe blanche, en haut d'un talus, sous une ombrelle. Je n'avais manifesté alors qu'un assentiment de commande, mais tout me revenait. Le long foulard bleu, mais le regard aussi, si présent sous la voilette. Depuis, Camille était morte. Monet avait-il conscience de chercher la même femme, à travers la silhouette de Suzanne ? Quelle était cette force étrange qui le poussait à tout retrouver du passé, à en effacer le regard ? Il y avait une faille inavouée sous les théories du prophète, une douleur. La pluie avait couché tous les iris devant la maison rose.

Ce soir-là, dans la petite chambre du café Baudy, éclata la longue dispute qui devait nous séparer, Julia et moi. Mais vivions-nous encore ensemble ? Julia ne pouvait supporter ce que je lui dis de cette femme à l'ombrelle, qui n'était à mes yeux qu'une Camille mal effacée, prolongée dans le souvenir. Je tentai en vain de lui dire combien je trouvais émouvante cette chasse inconsciente. Mais l'idée heurtait de plein fouet toutes les certitudes nouvelles de Julia, toutes les thèses affirmées de Monet. Il ne s'agissait de ma part que d'une mauvaise foi réductrice — d'ailleurs, elle n'était pas même sûre de l'existence de ce tableau. Et comment expliquer que j'en eusse gardé une image aussi précise, s'agissant d'une époque où la peinture m'ennuyait ?

Une sensation curieuse naissait en moi, tandis que je voyais Julia déambuler entre le lit et l'armoire, saisie par une colère de plus en plus spectaculaire.

À Skagen, je l'avais défendue de mon mieux contre les reproches de Soren Kroyer et d'Anna Ancher — elle était si seule ! Mais à présent je sentais combien j'étais proche de mes amis de Skagen, proche aussi des Larsson. Non, l'art n'était pas au-dessus de la vie. Les instants vécus, arrêtés sur les toiles n'étaient pas seulement des accidents de la lumière. Ils exprimaient toute une façon de vivre qui n'était rien sans la tendresse pour les personnages, rien sans l'amour. Monet me l'avait révélé à ses dépens. Je savais désormais dans quel camp me situer. il me fallait abandonner Julia, la laisser seule avec son maître. C'était ma seule chance. Un jour, peut-être, Julia comprendrait le prix du monde qu'elle abandonnait. Elle nous reviendrait...

Je n'avais plus rien à faire à Giverny. Dès le lendemain, je quittai le café Baudy. Julia dormait encore. Je lui laissai une petite lettre sur la cheminée. L'odeur du café fraîchement torréfié me suivit sur la route.

À la gare de Vernon, le train qui devait m'emmener vers Paris s'approcha du quai avec une bouffée de vapeur blanche. Je me sentis très libre, jusqu'à ce que le sifflet du chef de gare me déchire comme un jamais plus.

L'oncle Frédéric et la tante Agathe ne souhaitaient plus passer l'été dans la maison de Grez. Mes cousines avaient grandi, deux d'entre elles étaient fiancées... Ils voulaient vendre. Pour moi, je ne savais pas trop. Abandonner pour toujours la maison aux cerises semblait si prévisible et s'inscrivait dans une logique de l'engloutissement qui s'insinuait en moi. Mais cela me tenta d'aller y vivre seul tout un dernier été. Un beau matin de la fin juin, je vis Éponine qui m'attendait à l'ombre des tilleuls, devant la gare de Nemours. M. Chevillon en personne tenait les rênes de la petite voiture que je connaissais bien. Il me les abandonna pour la route, et nous discutâmes de tout et de rien comme deux vieux camarades. J'allais trouver du changement. Tous nos amis scandinaves avaient quitté l'hôtel, où seuls deux peintres américains poursuivaient une vague tradition de la rapinerie bohème. Une amertume évidente gonflait la voix du père Chevillon. Elle ne me touchait pas vraiment. C'était peut-être mieux ainsi, après tout. Je n'allais pas à Grez pour y prolonger l'illusion d'un temps révolu, mais pour retrouver des odeurs, des sensations, une lumière. Éponine avait un peu blanchi, mais son trot sonnait comme avant, entre les peupliers. À l'hôtel, il fallait toujours s'incliner sous l'arche des rosiers grimpants, et la barrière avait le même petit grincement. Sur la terrasse de plaisir, des pensionnaires que je ne connaissais pas bavardaient paisiblement devant des verres d'absinthe, des sirops. Entre les branches des marronniers, les éclats de soleil mouchetaient les tables rondes repeintes de vert frais. Je m'assis longtemps sur la berge, mes deux sacs de voyage derrière moi.

Quelques mots avec les Chevillon, avec Léonie, plus sourde encore qu'auparavant. Et le silence à présent. Juste ce clapotis éveillé par des rameurs canotant au milieu du Loing.

Quand les premiers rayons passèrent sous les arches du pont, j'abandonnai ma rêverie.

— Vraiment, Ulrik, tu ne vas pas dormir à l'hôtel, au moins pour cette nuit ? Tu sais, là-bas, tout est fermé depuis si longtemps...

Non, je ne voulais pas. Les Chevillon étaient toujours aussi accueillants, mais je savais trop que la conversation du soir ressasserait des souvenirs en forme de regrets. La fin du séjour des Strindberg à Grez, les scandales plus ou moins avortés autour des deux Danoises, tout cela m'horripilait à l'avance, et je ne voulais pas de cette ombre jetée sur les bords du Loing.

Et puis la maison m'attendait. Du plus loin que je l'aperçus, mes deux lourds sacs à la main, un sourire involontaire me monta aux lèvres. Comme elle avait changé, pourtant ! Deux ans d'abandon, et le petit jardin rond, devant le perron de l'entrée, n'était plus qu'une friche. De longues herbes blondes poussaient à travers la grille et le porche. La vigne vierge embrassait déjà les volets fermés, et courait sur le toit. Le cadenas rouillé de la grille résistait. Le jeu de la clé dans la serrure de la porte d'entrée me sembla familier. Et l'odeur était là. Exacerbée sans doute par l'humidité, l'absence de chauffage. Mais pareillement chargée de senteurs que je n'avais jamais cherché à démêler, et qui étaient moins des senteurs que des présences. Le bois des vieux meubles, les murs salpêtrés sentaient la course folle d'une de mes cousines dévalant les marches de l'escalier, le souvenir d'un jour de pluie à lire dans le salon en plein été, près de grand-mère.

Ce n'était pas triste de revenir dans la maison d'été. Je n'y trouvai pas de fantômes, mais des sensations étonnées, surprises de survivre après tant de silence. Pour la première nuit, je me confectionnai tant bien que mal un lit dans la petite chambre mansardée où je couchais autrefois avec mes cousines. À sept, huit ans, je redoutais le sommeil, craignant par une phobie sans fondement de me réveiller aveugle. Je n'en parlais à personne — mes cousines étaient si moqueuses ! Mais l'endormissement était un cauchemar, dans la maison de vacances où je ne pouvais espérer le secours de ma mère. Alors, j'écoutais tous les bruits nocturnes, les craquements des poutres, les pas mal étouffés d'un adulte qui revenait se verser un verre d'eau en bas, dans la cuisine. À présent, il n'y avait plus rien à craindre, et je passai un long moment à guetter les vibrations nocturnes de la vaste demeure. Des chauve-souris menaient une joyeuse danse juste au-dessus de moi, dans le grenier. Puis je m'endormis d'un long, d'un étonnant sommeil d'enfant. Le soleil oblique éclaboussait la mansarde quand je me réveillai. Le carreau soulevé, je sentis cette rumeur qui précède comme une fraîche certitude les journées d'été.

Dès lors, je sentis que j'allais rester. Des gestes tutélaires m'attendaient, qui me donnaient un nouveau rôle dans ces murs. Je pris un grand plaisir à ouvrir les volets, en arrachant patiemment autour de chaque fenêtre sa gangue de vigne vierge. Vaguement habillé, je dus enfiler les vieilles bottes de mon père pour sortir dans le jardin mouillé, où les herbes montaient à mi-cuisse. Les framboises avaient proliféré, envahissant la plus grande partie du potager. Les branches trop longues se couchaient sauvages au ras de terre, mais les fruits étaient là, leur velours pelucheux, leur goût si jeune sous l'apparence austère. Le vieux cerisier donnait encore ses cœurs-de-pigeon, près de la tonnelle disloquée. Tout à l'heure, j'irais prendre mon déjeuner à l'hôtel Chevillon, en attendant de faire mes propres courses. Mais je n'étais pas pressé. Il y avait des framboises, des cerises, et le soleil effaçait déjà la brume, tout au fond, au bord de la rivière. Je me sentais maître des lieux. Bien sûr, je n'envisageais pas de tout remettre en état, de faucher l'herbe ou de réparer les persiennes. Mais faire juste assez pour vivre là, comme une ombre complice.

C'était soudain se rattacher à quelque chose, après deux ans d'errance. Et les jours défilèrent, immobiles dans l'été. À Grez, on ne s'étonna plus bientôt de me voir installé dans la maison abandonnée. Quelques bribes de conversation avec le père Fanchard, quelques soirées passées à l'hôtel Chevillon suffisaient à étancher ma soif de vie sociale. En fait, j'avais toujours appris à être seul. J'y trouvais tout à coup une volupté qui n'aurait pas dû me surprendre. Maître Hergot m'adressa plusieurs lettres, afin de m'informer de mes affaires, de m'avertir de quelques offres qu'il avait reçues pour la maison. Je fis la sourde oreille, prétextai de quelques travaux nécessaires, avant de la livrer aux yeux des visiteurs.

Mais aucun artisan ne franchit le seuil de la maison aux cerises. Je ne voulais surtout pas qu'on vienne troubler mon beau silence. Je me livrai à quelques bricolages insignifiants, repeindre un pan de mur trop salpêtré, remonter la tonnelle. Avec une lenteur savourée, je me livrai à ces occupations inhabituelles sans remonter les pendules, sans jamais regarder ma montre. Le soir, assis sur le perron, je buvais un vin chaud.

Et puis je me mis à écrire. Avec une fièvre nouvelle, je repris toutes ces pages, ces notes que j'avais rédigées à Skagen, à Stockholm, à Giverny. Tant que le souvenir des instants passés là-bas restait encore vivace, il me sembla soudain utile d'en retrouver le détail. J'avais été témoin de tant de choses. Invité au cœur de la création, je ne devais pas laisser s'engloutir toutes ces heures où j'avais vu naître les toiles sous mes yeux, toutes ces conversations passionnées. Sans doute n'aurais-je pas ressenti cette exigence sans la récente opposition qui s'était cristallisée à mes yeux entre l'univers de Julia, de Monet, et celui de Kroyer ou des Larsson. J'écrivis de nombreuses lettres, et conservai pieusement les réponses reçues. J'écrivis des articles que les journaux d'art acceptèrent avec enthousiasme parce que leur virulence annonçait des querelles d'école qui ne tardèrent pas à s'exprimer. Il fallait éviter d'être accusé de passéisme, et situer le débat sur un autre plan. J'y parvins assez bien, en essayant de montrer que la passion de lumière ne pouvait avoir de sens que si elle se rattachait à l'amour de la vie. Bien sûr, les plus chauds défenseurs de Monet reprirent la balle au bond, et ces joutes écrites, différées dans le temps, donnèrent à ma vie solitaire une tonalité nouvelle. Certes, je sentais bien que mon amour pour Julia était pour quelque chose dans mes plaidoyers flamboyants, mais je n'étais pas de mauvaise foi. Un jour, elle me donnerait raison.

Le temps passa ainsi. L'automne me surprit au bord du Loing, avec quelques projets pour la maison. Il fallait réparer le toit, le couvreur n'avait pu venir aux beaux jours. Avais-je besoin de tels prétextes ? Je fis du feu dans la grande cheminée noire du salon. L'hiver vint sans effort. Comme les matins de gel étaient beaux, au bord de la rivière ! Une fois par semaine, j'empruntais la voiture du père Fanchard pour me rendre à la gare de Nemours. À Paris, l'effervescence des journaux, des galeries d'art m'apportait en un jour assez de tourbillon, d'écume, pour me donner envie de revenir à l'odeur des pommes sur les claies. Ce n'est plus être vraiment seul que de choisir sa solitude. J'eus des pommes jusqu'en janvier. En mars, déjà, la neige des fleurs de prunier.

Stockholm, le 4 mai 1887.
Carl Larsson à Ulrik Tercier.

Très cher Ulrik,

Notre brève rencontre du mois dernier à Paris m'a laissé un goût d'inachevé, et comme un remords à ton égard. J'étais très heureux de participer à l'Exposition internationale chez mon ami Georges Petit, mais il fallait que je rentre à Stockholm au plus vite. Ulf est né deux jours après mon retour ! Karin se porte à merveille, et Suzanne est déjà une grande sœur très raisonnable.

La famille Larsson s'agrandit ! Je rêve à présent de nous voir tous installés dans la maison de Sundborn, loin de l'agitation stérile, des rancœurs et des jalousies.

Nous aimerions tant t'accueillir là-bas ! Pardonne-moi si je te tutoie, mais tu es resté pour moi l'adolescent de Grez. Je suis heureux de savoir que tu t'y plais ; pour moi, je n'aurais pas le cœur à revenir au bord du Loing. Tant d'eau a coulé sous le pont aux sept arches ! Tant d'amitiés se sont défaites avec le temps... La tienne n'en a pris que davantage de vigueur, et je sais comment tu as préparé le terrain pour mes succès à Paris.

Tu sais qu'il est un certain petit coin de la Dalécarlie où les Larsson t'espèrent...

Je t'embrasse,

Carl.

Sundborn, août 1888.

— Ulrik, regarde comment je plonge !

La petite silhouette dynamique de Suzanne était si drôle. Nue comme un ver, ses deux nattes flottant sur ses épaules, elle courait à toutes jambes sur la planche vibrante. Un éclat de rire général et des applaudissements saluèrent son entrée dans l'eau. Nous étions là, assis près du ponton, dans l'herbe. Je tenais Ulf par l'extrémité d'une seule main. Déjà il se dressait, et faisait mine de vouloir rejoindre sa sœur. En attendant de savoir nager à son tour, il riait de confiance — et c'est pour lui que Suzanne multipliait à présent grimaces et saluts. Carl fumait une longue pipe. Pour quelques instants, il avait accepté de quitter son atelier de gravure, et d'enlever sa blouse blanche. Dans une robe d'été à grands carreaux bleu et blanc, Karin était plus jolie que jamais, plus fraîche. La maternité lui réussissait, décidément. Elle était de nouveau enceinte, et le troisième heureux événement était attendu pour la fin de l'automne.

Comment pouvait-il faire si chaud en plein cœur de la Suède ? J'avais du mal à reconnaître le Sundborn saisi dans la glace que j'avais découvert un jour, après la longue course en traîneau. Les feuilles des bouleaux agitées par un vent léger, l'herbe d'un vert brillant sous le soleil, la silhouette proche d'un petit garçon du village pêchant à la ligne : tout avait une espèce de plénitude simple et presque langoureuse, comme si la vie était devenue soudain une bienheureuse sieste éveillée. Gagné par cette atmosphère vaguement lénifiante, Carl s'était allongé, s'étirant dans un long bâillement de satisfaction. Pendant quelques secondes, il ferma les yeux à demi, une jambe passée sur l'autre.

— Pas trop loin quand même, Suzanne ! cria-t-il pour la forme.

Alors ce fut un moment très doux et très léger. Personne n'éprouvait le besoin de parler, et cette perfection simple et tranquille de l'amitié me ramenait à un vague souvenir, un jour d'automne, au bord du Loing, toujours près des Larsson.

— Allons ! il est temps que je me secoue, fit soudain Carl en sautant sur ses jambes. Mes concurrents profitent certainement de ma paresse pour essayer de me distancer !

Il partit à grandes enjambées vers l'aile de la maison où il avait aménagé son atelier de gravure.

— Ulrik ! lança-t-il sans se retourner, n'oublie pas que j'aurai grand besoin de toi cet après-midi pour m'aider à terminer le ponton. Que dis-je ? L'estacade !

Et comme je semblais m'étonner de sa précipitation en suivant des yeux sa silhouette, Karin me renseigna :

— Pardonnez-lui de ne pas rester davantage avec vous, Ulrik ! Il a une vraie boulimie de travail en ce moment. Il sort à peine du triptyque pour la galerie de la fondation Fürstenberg, et voilà qu'il s'est lancé dans un concours pour la réalisation des peintures murales du musée national. Sans compter tout ce qu'il a fait pour le *Petit Hyttnäs* !

Karin n'avait pas besoin d'excuser Carl. Elle savait combien j'aimais me fondre dans une atmosphère, sans qu'on me donne la sensation de rien changer, de rien apprêter pour moi. Karin et Carl poussaient jusqu'au raffinement cet art d'accueillir sans ostentation, sans la moindre crispation. Pendant que Suzanne s'enroulait dans une serviette, nous revînmes doucement vers la maison. Ulf s'était lové contre ma poitrine et s'endormait, tiède et lourd.

Comme le *Petit Hyttnäs* avait changé en trois ans ! D'un ensemble de constructions plus ou moins abandonnées avait surgi cette maison peinte d'une couleur presque abricot, un peu plus pâle que le rouge de Falun traditionnel — comme si les Larsson avaient donné d'emblée leur tonalité, leur différence. Les bords des fenêtres, les poutres extérieures, les portes étaient soulignés d'un vert amande légèrement bleuté. À droite du corps d'habitation principal, tout près du plus gros bouleau, une longue table de bois rustique, deux longs bancs, une chaise oubliée, du même orangé que les murs de la maison : on sentait là l'été, on devinait la bonne humeur des goûters, dans l'herbe un peu trop haute, et les repas du soir, la nuit bleue et ce bonheur d'allumer la première bougie. Au moment de pénétrer dans la maison, je m'arrêtai quelques secondes devant l'auvent aux colonnes de bois peintes en jaune tournesol que Carl venait de terminer. Sur le linteau étaient tracés ces mots : « Bienvenue, cher toi, chez Carl Larsson et sa femme. » Je n'étais pas le premier à me sentir directement concerné par cette chaleureuse invite. Bien que vraiment installés depuis peu, les Larsson avaient su ouvrir leur porte, et cela se sentait, dès qu'on entrait dans la maison. La lumière qui vous envahissait alors était une clarté à partager, à boire ensemble.

Lumière. En ce matin d'été, elle semblait

même éblouissante dans le salon. Le soleil entrait à flots par la façade de fenêtres contiguës qui s'ouvraient sur l'étang. Tous les meubles étaient peints en blanc, le sofa recouvert d'un tissu à rayures bleu pâle et blanc. Sur le sol, les lirettes confortablement entassées donnaient envie de s'asseoir par terre. Jamais je n'avais senti ailleurs cet équilibre de recherche et de nonchalance. Devant la baie vitrée, une large marche faisait comme une petite scène. Encore entortillée dans sa serviette, Suzanne y grimpa, un petit arrosoir à la main, pour abreuver la longue série de fleurs en pots qui couraient tout au long des fenêtres.

Ulf tombait de sommeil. Je grimpai à l'étage, et le déposai doucement dans son berceau, près du lit de Suzanne. La chambre des enfants était toute claire, elle aussi, avec son parquet aux larges planches peintes en blanc, son toit du même vert que les volets et les parements de la maison. Suzanne avait laissé sur le sol sa chemise de nuit, près d'un jeu de construction en bois fabriqué dans l'atelier de Carl.

Quand je redescendis, Karin avait entrepris d'écosser les petits pois sur la table de la salle à manger. J'aimais cette pièce un peu plus sombre mais plus chaude. Au-dessus de la porte menant à la cuisine, Carl avait écrit en lettres rouges et noires une devise en français : « Bien faire et laisser dire ». Ces mots m'avaient frappé, non que leur sens me parût étonnant, au regard de la vie des Larsson, mais par ce qu'ils laissaient supposer de blessures déjà reçues. La pièce était toute lambrissée de vert amande, les portes, les fenêtres rehaussées de cet orange abricot qui habillait les murs extérieurs de la maison. Karin avait repoussé sur la table une nappe blanche au motif décoratif rouge, d'une étonnante modernité. Depuis deux ans, elle travaillait de longues heures devant le métier à tisser installé dans la petite pièce voisine. Un peu partout dans la maison, ses tissages habillaient les murs, les tables, les sofas. Avec elle, ces travaux domestiques étaient devenus une œuvre d'artiste. Les couleurs claires, l'originalité des motifs donnaient un caractère singulier, qui faisait beaucoup pour l'atmosphère des différentes pièces : dans ce qui aurait pu être seulement un cocon, un nid exagérément chaleureux, les tissages de Karin installaient un art de vivre plus nuancé, une sorte d'*arts and crafts* à la scandinave, lumineux, étonnamment nouveau.

Sans doute Karin avait-elle renoncé momentanément à peindre. Entre Suzanne et Ulf, l'installation de la maison, les repas à préparer, il ne lui restait guère de temps. Depuis mon arrivée, je n'avais osé l'interroger à ce sujet. La conversation qu'elle avait eue certain matin d'été avec Julia me revenait en tête. Mais je donnais tort à Julia. Je faisais défiler en moi toutes ces phrases qu'elles avaient échangées dans la barque. À l'évidence, Julia avait vu clair dans l'évolution de la carrière artistique de Karin. Mais avec un acharnement de mauvaise foi, je m'évertuais à penser que Julia avait tort. Ce que Karin réalisait était une œuvre aussi, une œuvre tout entière consacrée à la célébration de la maison, de la vie, de l'instant qui passe. Et puis, un jour elle reprendrait ses pinceaux, ses palets d'aquarelle.

Je m'assis à ses côtés. C'est bien, d'écosser les petits pois. On est ensemble sans effort. Une pression du pouce sur la fente de la gousse et elle s'ouvre, docile, offerte. De temps en temps, on passe les mains dans les boules écossées qui remplissent le saladier. C'est doux comme de l'eau. Suzanne vint nous rejoindre, et s'installa sur un haut tabouret. Karin lui donnait des conseils et je les regardais sans rien dire. La matinée n'avançait plus. Je me disais que cette scène aurait dû être pour moi une souffrance, qu'elle représentait tout ce que j'avais perdu, tout ce que je ne saurais pas gagner. Mais c'était un instant. Il m'appartenait, puisque je l'avais sous les yeux, que je savais l'arrêter.

— Ainsi, Carl est toujours lancé dans ses projets monumentaux ? finis-je par demander, pour dissiper le charme du moment avant qu'il ne s'efface de lui-même.

— Oui, répondit Karin avec une nuance de regret. Il lui faut ces rêves de reconnaissance officielle, de grande œuvre exposée aux yeux de tous. Je pensais que le triptyque de Fürstenberg lui avait suffi. Mais le voici maintenant avec ces projets de fresque pour le musée... C'est drôle, ajouta-t-elle après un silence, je n'ai jamais cru que son talent pourrait s'épanouir dans ce genre de travaux. Ulrik, vous avez vu par ailleurs toutes ces aquarelles qu'il a réalisées depuis qu'il est à Sundborn : les petites scènes de la vie, la maison, les enfants. Il n'y attache pas une grande importance, et les considère comme des œuvres un peu mineures. Eh bien moi, je reste persuadée que c'est là son chemin. Mais il y a la question d'argent. Les fresques sont bien payées, et nous n'avons pas d'autres sources de revenus. Et puis il y a autre chose. Carl vient d'une famille si simple, si pauvre. Il a toujours pensé que l'art devait profiter à tous. Alors, l'idée de savoir que son travail pouvait être exposé aux yeux du peuple de Stockholm...

Tout en parlant, Karin s'était levée, tenant contre elle le saladier de petits pois, le regard songeur.

Oui, j'avais vu toutes ces nouvelles aquarelles, dans l'atelier de Carl. Elles semblaient tellement l'incarnation de tout ce que je vivais depuis mon arrivée, que j'avais eu d'abord peine à les remarquer. Sundborn, Suzanne, Karin, Ulf, les baignades d'été, les petites siestes, la toilette matinale ou la pêche aux écrevisses... Tous ces sujets n'étaient que la vie même de Sundborn. Le nouveau style de Carl, par le choix de l'aquarelle, le trait épuré du dessin, semblait étrangement accordé aux lumineux motifs décoratifs brodés par Karin — accordé à la jeunesse des enfants, à la vie foisonnante et sereine qui s'abritait sous les bouleaux, dans le désordre chaud de l'atelier, la clarté du salon.

Au déjeuner, Carl nous revint avec la bonhomie du travailleur satisfait de sa tâche. Il promit pour le soir un spectacle de marionnettes à Suzanne — il venait de terminer pour elle un castelet décoré par des personnages de la commedia dell'arte. Les rapports que Karin et Carl entretenaient avec Suzanne étaient si loin de la distance mélancolique qui me séparait de mes parents ! Je ne pouvais m'empêcher de l'envier un peu. Elle prenait part à la conversation, dont les sujets ne l'excluaient pas. Par ailleurs, il régnait entre eux une tendresse familière qui n'empêchait pas l'exigence, mais tournait souvent au fou rire.

Après le repas, nous bûmes le café sur l'estacade amorcée.

— Tu vois, Ulrik, ce sera notre terrasse de plaisir !

Et Carl se tut un instant après cette boutade, poussant même un soupir, comme si le rappel des heures de Grez faisait monter en lui la nostalgie. Suzanne se roulait dans l'herbe avec

Barn, le vieux chien roux. On entendit bientôt des pleurs, et Karin partit chercher Ulf.

— Allons, fit Carl, mon vieux Ulrik, le travail nous attend !

Le projet grandiose de Carl ne méritait peut-être pas le nom d'estacade, mais il promettait quand même quelques difficultés. Il s'agissait d'agencer devant la maison, au bord de la rivière, toute une promenade en planches qui conduirait jusqu'au ponton où l'on amarrait la barque.

Malgré l'atmosphère paisible de Sundborn, les journées de Carl se déroulaient dans une espèce de frénésie enthousiaste où son travail de peintre alternait avec les tâches artisanales les plus variées. Il avait jardiné, maçonné tant et plus. Voilà qu'il se faisait menuisier.

Je n'avais certes pas les mêmes dispositions que lui pour ce genre d'ouvrage. Le simple sciage des planches me posait déjà de gros problèmes, et le regard ironique de Carl n'arrangeait rien :

— Eh bien, compagnon Ulrik, comment t'y prends-tu, dans ta maison de Grez ?

Carl savait sans doute à quoi s'en tenir quant à ma façon de demeurer propriétaire. Un peu vexé, je commençai à évoquer les modestes travaux que j'avais entrepris là-bas.

— Ainsi, tu comptes vraiment garder la maison ? Je ne me posais plus vraiment cette question.

L'entendre dans la bouche de Carl me fit réaliser soudain à quel point je m'étais attaché à cette idée de rester, veilleur solitaire, le dépositaire de toutes ces ombres qui me poursuivaient, dans la maison d'été.

Puis l'après-midi passa, et nos paroles rares ne portèrent plus que sur cette rambarde à la fois solide et légère, que Carl voulait installer le long de l'estacade. C'était bon de s'activer auprès de lui dans l'odeur du bois frais, de se sentir à la fois utile et maladroit, et comme protégé par cette sûreté de geste et d'amitié qui émanait de Carl.

Vers cinq heures, Suzanne, abritée du soleil par un canotier beaucoup trop grand pour elle, vint nous apporter en trébuchant entre les planches un plateau de rafraîchissements. Elle resta un moment, nous questionna, puis s'éloigna avec Karin pour sa deuxième baignade de la journée. Le soleil déclinait déjà sur l'autre rive, au-dessus du bois de bouleaux, quand Carl, transpirant, le rabot à la main, releva la tête :

— Et Julia ?

Grez.

Julia ? Depuis des mois, les Larsson n'en
avaient reçu aucune nouvelle. Inquiets, ils
s'étaient adressés à Mme Lundgren. Elle-même
ne recevait que des lettres de plus en plus
laconiques. Elles étaient venues longtemps de
Giverny. Depuis Pâques, elles avaient le cachet
de Paris, et ne parlaient de rien ou presque,
disaient que tout allait bien. Bien sûr, Julia
devait peindre. Mais je n'avais vu ni son nom ni
aucune de ses toiles dans la moindre exposition.
   Julia lointaine, solitaire. À plusieurs reprises,
Karin et Carl l'avaient invitée à Sundborn. Carl
savait par Oscar Björck qu'Anna Ancher avait
insisté également pour qu'elle revienne à Skagen. Les paroles de Larsson me faisaient mal.
Mal d'inquiétude, mal de remords. Mais je
savais pourtant qu'il ne me fallait plus rien tenter. Entre elle et moi, le silence était la seule

chance. Depuis notre séparation, j'avais toujours le sentiment de l'avoir gardée à mes côtés. C'était une Julia docile et sombre qui me suivait dans la maison de Grez, marchait près de moi dans les matins de gel, au bord du Loing, découvrait en été les premières cerises. Toutes les saisons de la vie devenaient des saisons imaginaires ; je n'étais seul qu'en apparence. Invisible, une Julia pacifiée s'asseyait en silence à mes côtés sur le carreau rouge et brillant, devant la cheminée.

La mort, l'absence ; pour moi ces mots n'avaient pas perdu leur sens, mais gagné au contraire une dimension différente. Doué d'un étrange talent pour vivre le présent, je regardais mes amis peintres détacher l'instant, le poser sur la toile. Chez moi, l'instant demeurait virtuel, inassouvi ; mais je ne le buvais pas vraiment seul. Après la lumière de Sundborn, je retrouvai sans tristesse la maison de Grez. Le bonheur des autres ne me faisait plus mal, à présent. Je m'en sentais si éloigné que c'était bon de le croiser, de le partager quelques jours. Et puis le bonheur des Larsson n'était pas plus réel que la mort de mes parents, que l'absence de Julia. La lumière et l'ombre se croisaient, se mêlaient.

Les mois passèrent. Mes articles se raréfiaient. Que m'importait ? À l'automne, maître Hergot mourut. Son jeune successeur, maître Pinardel, me donna des nouvelles rassurantes sur l'état de ma fortune. Par-dessus ses lunettes rondes cerclées de métal, son regard posait des questions qui ne concernaient pas l'évolution des valeurs ni les taux d'intérêt. Je ne pus me défendre de lui brosser avec une insolence courtoise un tableau de ma vie qui semblait le mortifier. Il ne comprenait pas en particulier pourquoi je continuais à maintenir la maison de Grez dans un état de demi-abandon qui pénalisait mon patrimoine. Mais comment lui faire comprendre que je ne pouvais supporter la présence d'un jardinier ? Mon oisiveté avait cet avantage de me révéler la vanité des occupations humaines, pour aussi rassurantes ou contraignantes qu'elles fussent. À quoi tout cela servait-il ? Tous les Sisyphe remontaient leur pierre avec un air digne, douloureux, ou ennuyé — je n'avais pas de pierre à rouler.

Un nouvel hiver passa. Je ne sortais plus guère que le jeudi soir, pour un billard avec le père Chevillon, le rite du vin chaud. J'écoutais mes pas grincer sur le parquet des chambres vides, cent fois traversées. Dans les journaux d'art, la polémique sur la lumière pure avait cessé. N'ayant plus rien à défendre, à attaquer, je n'écrivais plus que pour moi. Dans le désert glacé de ma maison française, je retrouvais par le détail chaque heure vécue dans la lumière de Sundborn — les ombres ne me quittaient pas.

L'hiver dura longtemps, cette année-là. Des

pluies sempiternelles cinglaient les fenêtres, et la tonnelle mal réparée se disloquait à nouveau sous les bourrasques. Il n'y eut pas même cette petite déchirure ensoleillée de février qui donnait chaque année le courage d'attendre. Je ne m'ennuyais pas — jamais je ne m'étais ennuyé. Mais peu à peu je m'imbibais comme les murs ; mes rêveries devenaient stagnantes. La lettre d'Anna Ancher fut le premier soleil.

Skagen, le 28 mars 1889.

Cher Ulrik,
Michael et moi ne savions plus comment te faire quitter ta tanière. Eh bien, je crois que nous avons trouvé ! Je t'avais parlé de l'idylle entre Soren et Marie Triepcke, une jeune artiste qu'il a rencontrée l'année dernière. Les choses sont allées très vite. Ils vont se marier ! Le voyage de noces aura lieu en Italie, mais ensuite, ils viendront s'installer à Skagen pour l'été, dans la maison de Mme Bendtsen. Ulrik, Skagen à nouveau comme avant, mieux qu'avant, avec le bonheur tout neuf de Soren ! Manquer cela serait un crime de haute trahison.
Je t'embrasse,

Anna.

Skagen, juin 1889.

C'est le début d'après-midi. Bien après le déjeuner, quand toute agitation est retombée. C'est l'heure où l'on écrit des lettres, dans la fraîcheur d'une chambre, l'heure où les vieux s'assoupissent dans leurs fauteuils, l'heure de rien. À l'ombre des noisetiers, deux chaises longues au tissu blanc cassé. L'une est restée inoccupée. Dans l'autre, Marie lit un journal. La chaise n'a pas d'accoudoir, et la position de la jeune femme hésite entre tension et abandon. L'ampleur de sa robe blanche n'empêche pas de voir que sa jambe gauche est croisée au-dessus de la droite ; son pied s'agite doucement, effleure l'oreille de Rap, le setter irlandais couché à ses pieds. Marie ne tient pas le journal, posé en équilibre arrondi le long de sa cuisse. Sa nuque penchée en avant, tout le haut de son dos détaché de la toile indiquent une lecture active, concentrée. Le langage parlé par ses bras est plus contradictoire. Tandis que sa main droite, nonchalamment posée sur sa taille, semble traduire une certaine désinvolture, sa main gauche, allongée sur sa poitrine, exprimerait presque une émotion venue de la lecture. Une branche du rosier buissonnant dessine une arche au-dessus des deux chaises longues. C'est là que nous sommes assis, dans l'herbe, Soren et moi ; à quelques mètres de Marie, dans l'ombre du rosier. Les fleurs blanches, à peine rosées, n'ont pas d'odeur, mais leur foisonnement le long des vieilles branches entremêlées n'en paraît que plus magique — ce ne sont pas vraiment des fleurs.

Soren n'a pas craint de tacher son costume d'été. Il est resté fidèle à sa couleur — veste, chapeau, pantalon blancs — mais le tissu n'est plus cette toile légère qu'il froissait sans scrupule en couchant dans les dunes. La texture est plus lourde, la coupe plus sophistiquée. La chaîne d'or qui retient le lorgnon au-dessus de sa poche brille dans le soleil. C'est le même Soren pourtant, vautré dans l'herbe et blaguant à petits coups. Sa voix sourde ronronne au ralenti, comme s'il craignait de déranger Marie. Il me parle de Copenhague, de toutes ces commandes officielles qui sont tombées sur lui. Le peintre de la plage est devenu portraitiste des académies. Il a dû sans relâche représenter des théories d'hommes cérémonieux en habit noir, sous les lustres. Il a gagné beaucoup d'argent, de quoi s'offrir une demeure somptueuse dans la capitale. Il a gagné l'honorabilité, l'officialité, la réputation mondaine — et le dégoût de peindre pour ne rien dire, pour ne rien voir. Je l'écoute vaguement. Pour lui comme pour moi, cette conversation furtive n'est qu'un prétexte. Tout en me brossant le tableau le plus comique de ses expériences citadines, il ne détache pas les yeux de cette silhouette blanche, sous les noisetiers.

Comment ne pas regarder Marie ? Quand il l'a vue la première fois, sur la plage de Skagen, le vieil Ulf s'est arrêté, les jambes écartées, pipe entre les dents. Avec une outrecuidance de bouffon, il est resté là, fasciné, le regard insolent rivé sur le visage de l'épouse, mais parlant pour Soren :

— Bon sang, Soren Kroyer, quel sorte d'homme es-tu donc ? Tu étais déjà notre roi. Il te faut à présent la femme la plus belle de tout le Danemark ! Laisse-moi baiser tes pieds !

Son impudeur n'a suscité aucune réprobation dans le petit groupe d'amis rassemblés là, lors du débarquement des jeunes mariés — peut-être une infime crispation sur le visage de Marie. On l'a laissé se prosterner, et Kroyer a ri, d'un petit rire de gorge amusé qui ne révélait pas la moindre gêne.

Moi aussi, je regarde Marie Triepcke. Abîmée

dans la lecture de son journal, elle semble si lointaine. Un éclat de soleil joue en haut de son chignon natté. Au déjeuner, ses cheveux m'ont paru châtain foncé, mais l'ombre les rend presque bruns ; son teint en est encore plus pâle. Il y a quelque chose de presque blessé dans la finesse de ses traits. Une seconde elle relève la tête, comme pour dissiper le poids de nos regards sur elle, et sourit à Soren. Ses yeux sont incroyablement bleus, d'un bleu très doux, et comme usé, laiteux — un ciel lointain, qui garde une nuance de mélancolie jusqu'au fond du sourire. Je ne sais pas si elle est la plus belle femme du Danemark. Je la trouve plus que belle, détachée de nous dans une espèce de perfection douloureuse — au point qu'il paraît presque incongru de la voir bouger, sourire, parler avec une simplicité étrange. Elle se lève pour aller chercher un verre d'eau dans la cuisine. Appuyée contre le mur de la maison, elle boit lentement.

Rap la suit pas à pas. Comment faire autrement ? Sa présence aimante toute chose. Elle seule peut dissiper le poids du silence qui se cristallise autour d'elle.

— Eh bien, Soren, et cette promenade à la plage ?

Alors, nous pouvons enfin secouer notre torpeur, nous ébrouer sous le soleil. Marie prend son ombrelle. La maison de Mme Bendtsen n'est pas très éloignée du village. Il fait si chaud sur la route blanche où passent çà et là une paysanne à bicyclette, un convoyeur et sa charrette. Rap, ravi de l'aubaine, folâtre autour de nous. Soren a pris le bras de Marie quelques instants, puis ils se sont insensiblement séparés, tout en bavardant. Est-ce dû à leur élégance, à l'apprêt de leurs vêtements peut-être un peu raides, un peu riches pour la chaleur et l'idée de la promenade ? Ils paraissent à la fois ravis de se montrer ensemble et presque compassés dans tous les gestes qui les rapprochent, comme si rien n'était simple. À marcher à leurs côtés vers l'église de Skagen, je sens physiquement qu'il émane de leur couple une infime tension. Quelques instants, l'impression dégagée par le couple des Larsson vient se glisser dans mes pensées. Cette chaleur, cette souplesse légère des gestes tendres, qui flotte dans l'air de Sundborn, même quand il n'y a plus de gestes...

J'aime bien le clocher de Skagen, son petit bulbe surmonté d'une pointe. J'aime surtout la façon dont il se détache à peine des toits des maisons basses. Et sur tous les toits, cette coquetterie pimpante, vibrant sous le soleil : les deux derniers rangs de tuiles et toute la longueur du faîte sont rehaussés de peinture blanche, motif géométrique que la main plus ou moins sûre des propriétaires, l'usure des charpentes a fait se gondoler légèrement, lui donnant une apparence de recherche naïve, presque enfantine. Derrière les petites palissades de planches, les maisons de bois sont peintes le plus souvent en jaune un peu moutarde, rehaussé de blanc. Il y a des iris et de minuscules parcelles potagères, des avancées, des arceaux de fortune pour soutenir la glycine, les rosiers grimpants. Le village de Skagen semble si abrité, si loin de l'idée de la mer, des colères du Kattegat et du Skagerak !

En face de l'hôtel Brondum, la maison de Michael et Anna Ancher a bien changé. Le jardin presque sauvage où Soren avait saisi l'image de son *Hip hip hurrah !* regorge à présent d'arbustes, de lys, d'iris et de roses, dans un désordre savamment étudié qui n'en cache pas l'opulence.

— Hé, Soren !

La petite fille blonde qui nous accueille sur le seuil est bien loin du bébé qui se blottissait dans les bras d'Anna. Michael et Anna s'approchent à leur tour, et nous avons droit à un tour du propriétaire en règle. Très différente du *Petit Hyttnäs*, la maison des Ancher n'en est pas moins devenue la demeure chaleureuse d'un couple d'artistes.

Anna et Michael la présentent avec humour, mais Soren, Marie et moi ne sommes pas dupes. Les premiers signes de la maturité vont bien aux Ancher. Anna, avec son grand nez busqué, a converti en personnalité ce qui pouvait sembler de la disgrâce. Quant à Michael, si sa barbe est mieux peignée, s'il a légèrement gommé son aspect de gros ours échevelé, son sourire brille toujours aussi vif au fond de ses yeux noirs.

Avec eux, Soren a retrouvé tout de suite son aisance goguenarde de meneur. Entre deux récriements admiratifs, il commente ironiquement tel ou tel aspect pratique de la cuisine, plaisante les Ancher sur leur embourgeoisement. Je le regarde, avec son complet de lin blanc, sa chaîne de montre un peu voyante, se remettre à parler, à bouger comme s'il était encore tout à fait le Kroyer bohème du premier été à Skagen. Anna et Michael rient de bon cœur. À chaque trait d'esprit, Soren jette un coup d'œil en coin à Marie, qui se contente de sourire, à la fois présente et distraite.

En ce jour d'été, la maison des Ancher est lumineuse, avec ses larges fenêtres, ses parquets brillants. Des tableaux sont accrochés partout. Soren reconnaît avec plaisir quelques-unes de ses toiles. Beaucoup de portraits d'amis. Anna en a constellé un pan de mur entier, dans son petit bureau. C'est la pièce que je préfère. Sur la porte, elle a dessiné des oiseaux. Un petit sofa tendu de tissu sable devant le bureau marqueté en merisier : au-dessus, tous les visages familiers des peintres de Skagen, perdus dans leurs songes.

Et c'est Sundborn qui me revient encore. On

se sent bien, chez les Ancher, pourtant. Mais les meubles de famille sont un peu lourds, un peu sombres. Malgré la présence de tous les tableaux, de quelques objets de peinture oubliés ici et là, il n'y a pas cette clarté, cette sensation de vivre dans un lieu où la vie elle-même est devenue un art.

Nous nous retrouvons tous ensemble sur le chemin de la plage. Bien sûr, Soren ne va pas héler Hélène Christensen en passant près de l'église. Bien sûr, Björck n'est plus là, ni Christian Krohg — on dit qu'amoureux fou de Martha Johansen, il a préféré s'éloigner de Skagen. Mais le soleil brille aussi fort qu'il y a quatre ans. La mer scintille au loin avec le même éclat éblouissant. Et parvenu sur le sable, Soren retrouve enfin ses ailes, déploie les bras parmi les mouettes. Helga rit de le regarder faire. Il l'entraîne dans les dunes, et tous les deux dévalent bientôt la pente en poussant des cris suraigus.

Nous resterons longtemps sur la plage, ce jour-là. Parler. Se taire ensemble. Un grand moment, Anna et Marie marcheront côte à côte, minces silhouettes blanches à la frange de l'eau. Elles s'apprivoiseront en bavardant au rythme de leur marche, avec lenteur, avec amitié déjà. Pendant ce temps, Soren, Michael et moi fumerons la pipe, allongés sur le sable. La longue soirée de l'été scandinave n'en finira pas de décliner ce bleu léger, changeant, marié au sable presque blanc.

— Ici, enfin, je vais retrouver le bonheur de peindre !

Les paroles de Soren tombent sans effort entre deux soupirs d'aise, deux phrases anodines et le rire d'Helga. Bras dessus bras dessous, Anna et Marie s'éloignent au bord de l'eau. Une petite brume monte sur la mer.

Skagen, août 1889.

Il pleuvait cet après-midi-là. Seuls quelques pêcheurs s'affairaient autour de leur embarcation échouée dans le sable, sanglés dans leur ciré. J'aimais toujours la solitude de la plage, cette étrange luminosité qui découvrait la côte au loin jusqu'à Hirsthals. Des kilomètres de pluie douce, presque tiède, en souvenir d'un autre jour de pluie, peut-être. Comme alors, les rosiers sauvages ployaient sous le vent. De temps en temps je m'arrêtais pour regarder la mer, les yeux embués. Étrange, ce trois-mâts qui croisait près de Skagen un jour de si mauvaise mer. Plus étonnante encore cette chaloupe que l'on apprêtait. Le roulis était si fort que ses occupants durent attendre un long moment avant d'y prendre place ; j'apercevais très vaguement leurs silhouettes déséquilibrées par les embruns, les bourrasques.

Le rameur déployait une énergie folle, à présent. Je le voyais, de dos, disparaître et remonter à la crête des vagues. Il me cachait son compagnon. La mer avait cette teinte nauséeuse, d'un gris verdâtre, qui semble aller de soi les jours d'hiver, mais paraissait insupportable en plein mois d'août. Parvenue tant bien que mal à une centaine de mètres du rivage, la barque cessa de progresser. Son conducteur avait abandonné les rames. Je le vis descendre de la chaloupe à grand-peine. L'eau lui montait alternativement des cuisses jusqu'à la poitrine. Il saisit alors une malle qu'il installa sur sa tête, la retenant d'une seule main.

Derrière lui, son compagnon, plus leste et plus léger suit. Je m'approche de la rive. La première silhouette, avec son fardeau sur la tête, m'occupe trop longtemps. C'est la deuxième qui m'intrigue, maintenant. Malgré le ciel sourd et les paquets de mer, il me semble distinguer quelque chose, reconnaître une façon de ployer les épaules. Ce n'est pas un compagnon mais une compagne. Ce que j'attribue quelques secondes à cette reconnaissance de la féminité comble un moment ma curiosité. Mais non, il y a autre chose. Cette pâleur... Ces longs cheveux, sombres dans la tempête, mais dont l'ampleur me rappelle... Julia. C'est bien Julia qui marche dans la mer, qui avance vers moi ! Elle chancelle, se redresse. L'écume dessine autour d'elle des chemins divergents. Un instant, elle s'est arrêtée en regardant la rive. Je sais qu'elle m'a reconnu. Elle n'a rien manifesté, a repris sa marche incertaine. Le marin s'est retourné pour lui tendre sa main libre, mais elle l'a refusée.

Un instant, je crois qu'une vague plus forte va la renverser. L'effort qu'elle fait pour reprendre appui semble l'épuiser. Alors je cours vers elle. Elle est restée tête baissée, à bout de souffle. Je la rejoins. Pas de regard. Elle est déjà contre moi, blottie dans mon épaule. Je reconnais cette robe vert sombre, trempée, plaquée sur son corps si mince, ce châle noir poissé par l'eau salée. C'est une étrange danse immobile. Nous restons là, tanguant d'un pied sur l'autre, sans un mot. Le vent venu du cap de Skagen redouble. C'est une sensation bizarre, qui tient à la fois du bonheur et du désespoir. Julia est contre moi exsangue, abandonnée. Je la saisis dans mes bras, l'emporte en titubant. La plage est déserte. Le marin s'est assis sur la cantine, et nous attend.

Elle était revenue. Elle m'était revenue, et plus encore. Dès notre première étreinte dans les vagues, j'avais senti en elle une fragilité, un abandon nouveaux. La suite s'écrivit comme une évidence étrange, au bout de tant de silence, d'attente informulée.

Ce fut le début des années les plus heureuses de ma vie. Curieusement, elles flottent dans ma mémoire comme une île détachée, qu'aucune carte ne saurait retrouver. Je me souviens de leur intensité, mais je n'aurais pas le courage d'en retrouver le détail. Tout le vide prenait un sens. Cette disposition qui était la mienne de traverser la vie en spectateur ébloui ne semblait plus un manque, tout à coup. Julia épousait ma façon de voir, et j'eus même la sensation de mener la danse. Nous prîmes nos quartiers à l'hôtel Brondum, derniers survivants de la communauté tapageuse de naguère. Tout le monde était installé, à présent. Les Ancher, les Johansen avaient leur maison, et bientôt Soren et Marie firent

construire la leur, dans la plantation de Skagen.
Bien sûr, il y avait encore assez de folie dans nos
têtes pour nous réunir tous, le soir, autour d'un
feu, sur la plage, pour inventer des fêtes où les
enfants dansaient avec nous jusqu'au milieu de
la nuit — bien sûr il restait assez de folie à Soren
pour pénétrer dans la chambre de Viggo juché
sur un cheval, à cinq heures du matin, afin de lui
souhaiter un bon anniversaire.

Mais Julia ne peignait plus. Cela ne semblait
guère lui manquer. Jamais je ne l'avais vue aussi
libre, aussi insouciante. Elle gardait ses cheveux
longs épars sur ses épaules, nageait demi-nue
dans les eaux du Skagerak, beaucoup trop loin
Jamais son rire n'avait résonné aussi haut, ses
yeux brillé d'un éclat aussi vif. Il fallait bien y
croire : je pouvais donner du bonheur.

Elle me confia par bribes la fin de son aventure en France, comme s'il s'agissait d'une
parenthèse un peu ridicule, dont il ne convenait
de parler qu'avec ironie. Alice et toute la famille
Hoschedé avaient manifesté à son égard une
jalousie de plus en plus insistante — elle prenait
trop de place dans la vie de Monet. Alors elle
s'en était allée, s'était peu à peu murée dans une
solitude superbe et désolée. Se refusant à inquié-
ter Mme Lundgren, elle n'avait rien exigé de
personne, avait vécu, rue de Clignancourt, dans
un deux-pièces meublé glacial. Quelques galeries parisiennes s'étaient intéressées à elle —

grâce à la caution de Monet. Mais elle avait refusé toute concession, obsédée par une recherche de pureté formelle qui l'éloignait de tout, de tous.

Et puis était venu ce jour où elle avait décidé de brûler une par une toutes ses toiles — « une semaine de chauffage, et pas un regret ! » m'avait-elle dit en riant très fort.

La Julia qui m'était revenue ne parlait plus de peindre. Elle regardait les toiles de Soren, de Michael, d'Anna ou de Marie — depuis sa découverte de Skagen, Marie peignait plus encore que Kroyer. Julia s'asseyait en tailleur sur le sable, aux côtés de Marie. Elle semblait prendre un vrai bonheur à voir se refléter sur le chevalet l'image d'une vie qui la comblait. Pour elle comme pour moi, ce n'était plus vraiment de la peinture : seulement cette envie de partager les jours avec ceux qui voulaient arrêter le jour.

Cela lui plut de revenir l'hiver au bord du Loing, de se blottir à mes côtés devant la grande cheminée. Nous habitions là-bas comme deux éternels étudiants en maraude, amoureux du désordre, du jardin livré aux herbes folles. C'était bon de revenir chez les Chevillon, de canoter sur la rivière au début du printemps, de prendre le café sur la terrasse de plaisir. Plus de frénésie, d'espoirs déçus, d'attente. Julia ne voulait plus entendre parler de capitales, de Paris ni de Stockholm, plus de ces creusets bouillonnants où l'existence s'écrivait en lignes de fuite. À Grez ou à Skagen, les saisons revenaient, dociles ; nous faisions l'amour, si lentement. Nous marchions sous la pluie, dans les allées de la forêt, le long des plages. Et quand le soleil revenait nous étions là pour le regarder face à face. La vie était à boire, et les années se ressemblaient.

Sundborn, décembre 1894.

Noël chez les Larsson. Noël dans la solitude blanche de Sundborn. La neige est si haute et si douce. Comme une vague immobile, elle reste suspendue à mi-hauteur des murs orangés. Au *Petit Hyttnäs*, on arrive en traîneau ou sur des skis : rien ne fait de bruit. Et devant les fenêtres, à toute heure du jour, les chandeliers de Karin sont allumés.

Depuis que nous sommes là, Julia et moi, c'est une fête incessante qui nous entraîne. Il faut se laisser faire. Obéir à Suzanne, Ulf et Pontus, qui jouent pour nous un intermède théâtral de leur composition. Suzanne en reine médiévale, haute couronne dorée sur la tête et robe de taffetas bleue, mène les opérations, mais ses deux petits frères, l'un en officier, sabre au côté, le second très élégant, frac noir et haut-de-forme, n'hésitent pas à sortir du canevas imposé pour dispenser grimaces et facéties d'une spontanéité irrésistible. Leurs deux sœurs, Lisbeth et surtout Brita, née il y a quelques mois à peine, sont encore trop jeunes pour admirer leur prestation. Aussi deux adultes désœuvrés constituent-ils pour eux un public précieux, vite conquis et enthousiaste.

Obéir à Carl, qui nous entraîne au fond de son atelier pour nous montrer les merveilles engrangées ces dernières années. L'aquarelle est reine, et tous les tableaux cristallisent la clarté même qui baigne la maison de Sundborn. La vie effervescente et simple du *Petit Hyttnäs* est déclinée là sous toutes ses formes. Carl a réuni en album la plupart de ses aquarelles. Avec une curiosité gourmande, il nous interroge sur les titres qu'il a donnés à ces images : *Petit Déjeuner sous le grand bouleau ; Lisbeth à la pêche ; Le Triste Déjeuner de la lève-tard ; Roupillon dans la chambre d'un mineur.* L'humour est le même qu'on sent flotter aux quatre coins de la maison, dans ce mélange étonnant de recherche et de désordre chaud.

Tout cela est si simple, si lumineux. Et pourtant la voix de Carl se fêle tout à coup quand il évoque quelque rebuffade officielle, les difficultés qu'on lui fait pour les fresques du musée national. Et c'est sans un mot qu'il nous tend le journal où nous lisons ces lignes :

« Il semble bien que le couple formé par Carl

et Karin Larsson soit en passe de devenir le plus célèbre de Suède. Nous nous réjouirions tous de cette gloire nouvelle si elle était fondée sur l'originalité créatrice. En fait, il s'agit de bien autre chose. À travers les tableaux de Larsson, les Suédois se rassurent en voyant célébrer l'image d'un couple uni, d'une famille heureuse dont le modèle lénifiant et paisible, reproduit partout — non sans une certaine impudeur —, rencontre d'autant plus de succès qu'il ne dérange personne.

« Mais qu'en est-il en fait de ce "couple parfait" ? Pour ceux qui, comme nous, le connaissent de plus près, la vérité est bien différente. Karin Larsson, peintre raté, se venge de son époux en le réduisant à reproduire ce qui est son œuvre à elle : sa maison, ses enfants, et ce soi-disant bonheur qui cache bien des aigreurs rentrées, des rancœurs, bien des colères dont nous fûmes le témoin ! »

Vaguement hébété, je saute quelques lignes pour découvrir la signature que je pressentais : August Strindberg. Je croise le regard de Carl, qui hoche la tête dans une approbation désolée. Voilà ce qu'écrit l'homme qui se prétendait son meilleur ami, qui quittait la Suède pour venir à Grez écrire un reportage sur son peintre préféré, Carl Larsson !

Oui, sous la neige et les rires, il y a des blessures à Sundborn. Mais le soir de Noël approche, et Karin nous entraîne dans l'empressement des préparatifs. Près d'elle, sous la suspension aux longs pétales abricot qu'elle a conçue, nous confectionnons les petits pains torsadés aux raisins et au safran. Elle me charge même du glögg de Noël ! Dans les odeurs mêlées d'orange séchée, de girofle, de cannelle, de cardamone, tout devient flottant, léger. Suzanne et Ulf n'en finissent pas de tresser des cœurs de paille, de percer les oranges avec des clous de girofle, de découper dans du papier décoré l'étoile de Bethléem. Karin et Julia entre-croisent sur les murs des branches d'airelles, de sapin, de houx, de buis. Dans le chandelier de cuivre tapissé de mousse, les quatre bougies de l'avent sont allumées.

Déjà, les premiers invités arrivent. Ce sont des gens du village. Presque tout le village. Les Larsson ont voulu que le *Petit Hyttnäs* déborde de vie, de rires, de lumière. Emmitouflé dans une pelisse de fourrure, une lanterne à la main, je suis sorti en compagnie de Pontus pour les accueillir. « Sois bienvenu, cher toi, chez Carl Larsson et sa femme ! » Jamais ces mots peints au-dessus de la porte n'ont mieux justifié leur sens.

Quand nous rentrons, le ronflement du poêle, le rouge et blanc des nappes et des rubans, l'éclat des bougies, le parfum de la morue à la lessive et du jambon de Noël, tout nous assaille, et c'est presque enivrant. Je vois Julia voler aux quatre coins de la cuisine et de la salle, échanger une plaisanterie avec Karin. Les joues avivées, les cheveux flottants sur sa longue robe soyeuse et bleue, elle me regarde et fait une petite moue comique, pour se moquer de mon admiration pataude.

Au bout de la table, le père de Carl, sourcils en bataille et longue mèche curieusement rabattue sur son crâne dégarni, est déjà installé. Bien caractéristique des Larsson, cette façon qu'ils ont eue d'héberger, de remettre à l'honneur ce vieux bon à rien d'Olof Larsson, qui n'avait pas craint d'abandonner les siens à la misère, quand Carl était petit. Mais c'est la fête aussi de savoir tout pardonner.

Pas une ombre, jusqu'au bout de la nuit. Le repas file comme un rêve. Après les boules de Noël à la noix de coco râpée, les cœurs en pâte d'amande, nous buvons l'aquavit : douce brûlure, alcool très fort de cet instant. Il y a des chants, des danses drôles et bien peu orthodoxes, comme aux plus beaux jours de Grez. Suzanne et Julia se relaient au piano. Un jeune paysan de Sundborn a son violon. Lisbeth s'est endormie sur une chaise, près du sapin décoré de paille et de rubans rouges. Olof Larsson refuse d'aller se coucher. Tout danse, tout brille, tout flambe. Peut-être un peu trop fort, pour la dernière fois.

Le Havre, le 17 janvier 1895.

Ulrik, cette lettre pour te dire, pour vous dire à tous qu'il ne faut plus essayer de me revoir. Demain, un bateau m'emmène très loin. Très loin sera mon pays désormais. Je sais combien tu vas souffrir. Peut-être auras-tu du mal à croire ces mots, après les cinq années que nous venons de passer ensemble. J'espère qu'elles resteront pour toi des années de bonheur. Moi j'ai fait ce que j'ai pu. J'ai voulu y croire très fort, et certains jours, dans les dunes de Skagen, certains soirs dans le jardin d'Anna et Michael, je peux te dire que nous avons été vraiment ensemble, que le présent me semblait enfin possible à partager. Mais la brûlure restait là. Pour toi, Ulrik, la création de Carl, celle de Soren s'inscrivent dans une harmonie. J'ai voulu croire à ta sagesse, à ton regard. Mais je n'y peux rien. Je ne peux plus créer, et la création des autres demeure une souffrance intolérable. Je ne sais pas si Soren ou Carl sont vraiment heureux, au sens où tu l'entends. Pour eux, le bonheur est un équilibre fragile entre leur vie et leur pouvoir de peindre. Mais s'ils ne peignaient plus... Comprends-tu cela, Ulrik ? Moi, je suis de leur race, et ne suis plus qu'un fruit sec. Ce jour de tempête qui m'a ramenée dans tes bras, sur la plage de Skagen, je me suis abandonnée à ton pouvoir de pacifier, à ton regard sur la vie. C'était comme une dernière chance. Et puis, l'autre soir, chez les Larsson, j'ai senti combien nous restions dérisoires. Carl dit qu'il faut regarder du côté du soleil, mais moi je faisais seulement semblant de regarder du côté du soleil.

Alors, pardonne-moi. Je serai quelque part sur la terre. Je penserai à toi, quand certains bleus me rappelleront la plage de Skagen. Tu es la personne que j'aime le plus au monde, et je ne m'aime pas,

Julia.

Je vendis la maison de Grez. J'avais pu supporter d'y retrouver toutes les ombres du passé. Mais le souvenir des années partagées avec Julia m'y était intolérable. Mal chauffée, mal entretenue, la bâtisse s'était considérablement dégradée. Je n'en tirai qu'une somme dérisoire, peu enclin par ailleurs à discuter finances, et secrètement satisfait de la voir achetée par une famille dont les enfants s'étaient joyeusement évanouis dans le parc dès la première visite.

Maître Pinardel m'annonça que ma fortune n'avait fait que croître et embellir pendant toutes ces années où je m'en étais si peu occupé. J'achetai rue de Seine un magasin d'antiquités surmonté d'un petit deux-pièces qui me suffisait bien. Il me restait beaucoup d'argent, un écœurement complet pour l'idée même du bonheur — Skagen et Sundborn n'étaient plus pour moi —, un goût persistant pour la peinture. Je fis donc la seule chose possible : transformer le magasin en galerie d'art, et dépenser mon patrimoine pour encourager les jeunes talents.

La lumière de dehors, l'éblouissement des plages, de la neige ou des vergers en fleur ne me concernaient plus. Fût-ce un hasard si je trouvai sur ma route de jeunes peintres obsédés par l'éclat d'une lampe basse, les volutes d'une tapisserie au chevet d'un malade, la silhouette d'une femme accroupie rangeant son linge devant une armoire entrouverte ? Ils s'appelaient Édouard Vuillard, Pierre Bonnard, Ker-Xavier Roussel, Félix Vallotton. Et puis tant d'autres, dont le nom ne dépassa jamais le seuil du 38, rue de Seine, et dont le talent me semblait pourtant évident. J'éprouvais pour la première fois le sentiment d'être utile. Je me disais que mon père aurait été moins déçu de mon destin manqué.

Les années passaient. Je recevais des lettres de Karin, de plus en plus courtes — mes réponses étaient si brèves et si rares ! J'appris la naissance de Kersti, puis d'Esbjörn. À Skagen, Soren et Marie annoncèrent la venue de Vibeke. Toutes ces bonnes nouvelles, jointes à des succès artistiques constants, m'éloignaient davantage.

Puis un jour arriva cette lettre d'Anna. Pour la première fois, il n'était plus question d'activité débordante, de travail fructueux. Ce qu'elle me disait de Soren et de Marie me stupéfia. Malgré quelques périphrases, la vérité était sans équivoque : depuis de longues années, Soren souffrait de syphilis. Il n'avait pas d'abord voulu l'avouer à Marie, mais depuis trois ans des crises maniaco-dépressives le saisissaient de plus en plus souvent, et minaient la vie du couple. La santé de Marie, victime de faiblesse pulmonaire, n'était guère plus brillante. L'image dorée des Kroyer choyés par le talent, le succès, n'était plus qu'une apparence. Soren souhaitait me voir, et n'osait pas le dire.

Pourquoi me voir ? Quel rôle pouvais-je jouer auprès de lui ? Je me posai sans cesse ces questions pendant la traversée. Mais je n'avais pas hésité un instant à partir, comme si je n'attendais qu'un signe de Skagen.

Je m'étais préparé à retrouver un Jutland gris, venteux, couleur de ce jour de tempête où Julia m'était revenue. Mais il faisait très beau, en plein cœur de juillet. Le bleu me fit battre le cœur, lorsque je débarquai. La maison de Soren et Marie semblait si paisible, au plus profond du bois, tout au bout du village. Le jardin n'était qu'un enclos privé de forêt, couvert d'érables, de bouleaux. Une longue allée menait à la maison basse, aux murs peints de jaune moutarde, aux colombages chocolat. Les fenêtres à petits carreaux rehaussés de blanc, les marches devant le perron, la profusion des roses trémières autour des murs, la chaleur précoce de ce jour d'été : tout semblait si loin de la lettre d'Anna ! J'avançai lentement dans l'allée étroite, frangée d'herbes hautes. Des notes de polka s'échappaient par la porte entrouverte. Soren ne m'avait pas vu venir. Je le trouvai devant son épinette, le lorgnon sur le nez, toujours vêtu de blanc immaculé. L'homme qui se précipita vers moi, m'étreignit avec tant de force amicale pouvait-il être le désespéré dont parlait la lettre d'Anna ? Et cette jeune femme au regard toujours aussi bleu, mais dont la silhouette entière avait pris le charme mystérieux de la femme de trente ans était-elle vraiment la dépressive Marie ?

Pendant qu'ils me faisaient joyeusement les honneurs de leur maison, j'oubliais peu à peu les raisons de ma venue. Plus encore que chez les Ancher, l'influence lointaine des Larsson était perceptible. Les albums de Carl largement diffusés dans toute la Scandinavie — Soren en avait offert un à Marie l'année précédente — avaient donné à cette dernière l'envie de prendre en main la décoration, et elle avait elle-même dessiné les chaises et les meubles dans un style très moderne, épuré, installant par ailleurs un métier à tisser dans un coin de la salle à manger, près de l'épinette. Tout au bout de la maison, un ancien hangar à bateaux avait été transformé en atelier.

Dehors, la gouvernante marchait sous les arbres en tenant Vibeke par la main. On me la présenta, mais elle détourna la tête. Au déjeuner, assise en face de moi, la fillette garda le même silence. Une petite fille timide, bien sûr, mais il y avait autre chose, cette sensation imperceptible de fêlure dans l'atmosphère de la maison.

Au début de l'après-midi, Soren voulut prendre quelques photos de sa fille. Le silence de Vibeke. Cette tenue de petite fille modèle. Une robe blanche, avec des brodures, des dentelles. Une coiffure trop étudiée : un court chignon, des tresses, comme des embrasses de rideau, doucement ourlées sur ses bandeaux de cheveux blonds. Un petit bout de lèvre qui dépasse, lui donnait un air boudeur. Et puis tout ce silence. Marie la regardait. Avec amour, bien sûr. Mais il y avait cet excès de tension dans le regard comme s'il fallait mettre quelque chose en scène. C'était peut-être aussi la gêne d'être prise en photo, cet œil qui regardait, voulait saisir.

Je me sentais voyeur. Je m'éloignai. Dehors, la chaleur de l'après-midi vibrait sur les graviers. Je pénétrai dans l'atelier. Je pouvais à présent découvrir une par une ces toiles que la visite du matin m'avait découvertes dans une lumière familière, rassurante — la lumière de Kroyer. Le premier tableau qui m'attira était un double autoportrait : sur la même toile, Marie avait peint Soren, Soren avait peint Marie. Les initiales seules de Soren figuraient dans un coin du tableau, comme si Marie n'avait pas voulu revendiquer cette image angoissante qu'elle livrait : à l'arrière-plan, Soren a le teint brouillé, le regard flou, habité par une fièvre sourde. À ses côtés, Marie est si belle, avec sa broche, son collier qui dépasse à peine de sa robe sombre. Mais le regard est dur, la bouche légèrement pincée. L'impression générale semblait à l'opposé de leur volonté de se peindre ensemble. Un couple désarmé, détaché, si loin de sa légende.

J'éprouvai la même sensation devant un autre tableau, de Soren seul, celui-ci : Soren et Marie sur la plage de Skagen, le vieux Rap à leurs côtés. Au loin, le soleil fléchit, le bleu de la mer est celui d'un miroir, si froid. Soren tient Marie par le bras, mais le geste est bien raide. Les mains de Marie pendent le long de sa robe blanche, inertes. Son visage se détourne. Le contraste était saisissant avec cette toile, posée juste à côté, où Kroyer avait représenté Eduard Grieg accompagnant sa femme au piano. Un tel enthousiasme chaleureux, une telle complicité se dégageaient de cette dernière toile ! Plus encore qu'en présence de Vibeke, je me sentis gêné : les dernières toiles de Soren illustraient si clairement son désarroi, la quête maladroite d'un bonheur qu'il n'avait pas trouvé ! Tout semblait s'être glacé autour de lui ; le luxe et le succès n'étaient qu'une entrave supplémentaire.

Je retrouvai Soren et Marie assis sur les marches du perron. La rusticité envahissante des roses trémières ne suffisait pas à gommer cette raideur qui désormais les habitait à mes yeux. Vibeke s'était éloignée avec la gouvernante. Marie proposa de passer chez Anna — Michael était à Londres pour quelques jours.

Et c'est sur la plage que Soren, allongé près de moi dans les herbes blondes me confia, des sanglots dans la voix, l'horreur de ces crises de démence qui le saisissaient de plus en plus souvent. Elles disparaissaient ensuite comme elles étaient venues, lui laissant l'illusion cruelle que tout allait redevenir comme avant. Il avait tout pour être heureux, aux yeux de tous, et quelquefois aux siens. Puis le brouillard le reprenait, le gouffre s'ouvrait...

Anna et Marie marchaient au bord de l'eau, comme cet autre soir, si loin, si proche. Je crois qu'elles parlaient de Soren.

Je suis allé voir Soren à l'hôpital psychiatrique. Le bâtiment n'est pas laid, tout juste un peu austère avec sa longue façade de pierre, ses volets gris. Autour s'étend un parc qui fait songer aux jardins français du dix-huitième. Ici, la désinvolture est peut-être un peu moins calculée, mais il y a des vasques au milieu des pelouses, un sous-bois touffu où les allées se perdent, à l'abri des sapins.

— Nous n'avons plus les moyens d'entretenir tout cela comme il le faudrait ! m'a dit le professeur Lange avec une expression de culpabilité et de regret. Que voulez-vous ? La ville nous alloue un seul jardinier !

La pluie balafrait les vitres de son bureau.

— D'habitude, les malades sont dans le parc, à cette heure-ci. Mais aujourd'hui...

J'entendais des rires hystériques résonner le long des couloirs, des vociférations aussi, dont je n'aurais su dire si elles exprimaient la colère ou la souffrance.

— Cette fois-ci, je ne sais trop quand nous pourrons laisser partir votre ami Soren, reprit le docteur. Je sais ce que vous allez me dire. Il a besoin de retrouver ce qui a fait sa vie, besoin de la lumière de Skagen...

Baissant la voix, il ajouta :

— La dernière fois que je l'ai laissé repartir à Skagen, il en est revenu au dernier stade de la dépression. Et puis la liaison de Marie avec Hugo Alfven n'a rien arrangé. Comment lui dire qu'elle a demandé le divorce ?

Je n'écoutais plus vraiment. À l'orée du petit bois, malgré la pluie, une silhouette familière s'avançait. J'ai laissé là le professeur Lange.

C'est un mauvais jour, sans doute. Trempé, indifférent aux exhortations de l'infirmière qui le suit et veut glisser une couverture sur ses épaules amaigries, Soren marche à petits pas mécaniques. Son pyjama maculé de terre semble la parodie de ses ensembles blancs. Des gouttes d'eau perlent au coin de ses sourcils trop longs. Je fais signe à l'infirmière de s'éloigner. Soren a-t-il conscience de ma présence ? J'ai mis la main sur son épaule, mais il n'a rien manifesté. Il poursuit son errance de somnambule. Je le tiens contre moi, mais il est de l'autre côté, inaccessible.

Et puis soudain son visage se tourne vers moi. Le teint est livide, mais le regard atone s'anime tout à coup d'un éclat farouche :

— Je les tiendrai, tu m'entends ! Tous, tous sur la plage. *Le Feu de la Saint-Jean* ! Ce sera le plus grand tableau du monde. Et puis que le feu de l'enfer nous consume !

Il détourne à nouveau la tête. Un autre pays le reprend, où je n'ai pas ma place. La pluie s'arrête, et de toutes les portes de l'hôpital sortent à présent des silhouettes contorsionnées, hurlant, riant, toutes dégingandées, vêtues de blanc.

Paris, janvier 1919.

Soren eut le temps de peindre *Le Feu de la Saint-Jean*, juste avant de mourir. Puis la guerre arriva...

La lettre de Karin est là.

Je pense au petit cimetière de Sundborn sous la neige. Je revois les gens de Skagen marchant le long de la plage, à la mort de Soren. Sur cette mince frange de sable blanc, ils étaient là tout en noir, et marchaient lentement, lourdement, là où étaient passées tant de robes claires, de silhouettes légères.

Légères. J'ai voulu croire à ce qui est léger. J'ai voulu regarder. Surtout ne pas comprendre. Regarder. Je n'ai pas eu besoin de me forcer — je n'étais pas doué pour comprendre. Regarder c'est très beau, d'une beauté qui dure et qui vole. On croit avoir touché le secret. Mais regarder longtemps fait mal aussi, quand on demeure spectateur, quand on n'est pas fait pour transformer la matière légère des images, et que tout reste impalpable, suspendu.

J'ai croisé la vie des peintres et bu leur vin, les soirs d'été. Mais dans la neige de Sundborn ou sur la plage de Skagen, je n'avais pas de tableau à faire. Rien n'était une tâche. Aucun travail ne m'attendait. Longtemps, j'ai aimé cette transparence. Je suis resté léger. Mais à présent, le spectateur est triste. Je me dis que Soren et Carl avaient besoin de cette présence à leurs côtés. Ils connaissaient le secret, mais leur secret se consumait de sa propre flamme. Ils pensaient à des projets, à une exposition, à Copenhague ou à Stockholm. Ils avaient des soucis, des responsabilités, des risques financiers. Moi je marchais près d'eux, en liberté. Mieux qu'eux, j'étais l'esprit de leur peinture. Il n'y a aucune prétention à écrire cela. C'est plutôt dérisoire. Un peu étrange, aussi — et cette étrangeté légère aura été toute ma vie.

La lettre de Karin est là. Un chemin s'ouvre. Ce serait plus facile, s'il n'y avait quelque part ce souvenir qui n'est pas tout à fait une ombre. Et si Julia ?

Mais non. Julia est là aussi, au bout des pages blanches et du silence. Une autre vie, si loin. Au plus secret, au plus éblouissant. Comme un bleu de Skagen. Dans la lumière du Nord.

DU MÊME AUTEUR

Aux Éditions Gallimard

LA PREMIÈRE GORGÉE DE BIÈRE et autres plaisirs minuscules, prix Grandgousier 1997, (collection L'Arpenteur).

LA SIESTE ASSASSINÉE (collection L'Arpenteur).

Gallimard Jeunesse

ELLE S'APPELAIT MARINE (Folio junior, n° 901). Illustrations in-texte par Martine Delerm. Couverture illustrée par Georges Lemoine).

EN PLEINE LUCARNE (Folio junior, n° 1215). Illustrations de Jean-Claude Götting.

Aux Éditions du Mercure de France

IL AVAIT PLU TOUT LE DIMANCHE (Folio, n° 3309).

MONSIEUR SPITZWEIG S'ÉCHAPPE (Petit Mercure).

Aux Éditions du Rocher

LA CINQUIÈME SAISON (Folio, n° 3826).

UN ÉTÉ POUR MÉMOIRE.

LE BONHEUR. TABLEAUX ET BAVARDAGES

LE BUVEUR DE TEMPS (à paraître en Folio).

LE MIROIR DE MA MÈRE (en collaboration avec Marthe Delerm).

AUTUMN, prix Alain-Fournier 1990 (Folio, n° 3166).

LES AMOUREUX DE L'HÔTEL DE VILLE (Folio, n° 3976).

MISTER MOUSE OU LA MÉTAPHYSIQUE DU TER-RIER (Folio, n° 3470).

L'ENVOL.

SUNDBORN OU LES JOURS DE LUMIÈRE, prix des Libraires 1997 et prix national des Bibliothécaires 1997 (Folio, n° 3041)

PANIER DE FRUITS.
LE PORTIQUE (Folio, n° 3761).
ENREGISTREMENTS PIRATES.

Aux Éditions Milan

C'EST BIEN
C'EST TOUJOURS BIEN

Aux Éditions Stock

LES CHEMINS NOUS INVENTENT.

Aux Éditions Champ Vallon

ROUEN (Collection Des villes).

Aux Éditions Flohic

INTÉRIEUR (collection Musées secrets).

Aux Éditions Magnard Jeunesse

SORTILÈGE AU MUSÉUM.
LA MALÉDICTION DES RUINES.
LES GLACES DU CHIMBAROZO.

Aux Éditions Fayard

PARIS L'INSTANT.

Aux Éditions du Seuil

FRAGILES (aquarelle de Martine Delerm).

COLLECTION FOLIO

Composition Nord Compo.
Achevé d'imprimer par la
Société Nouvelle Firmin-Didot
à Mesnil-sur-l'Estrée, le 2 mars 2004.
Dépôt légal : mars 2004.
1ᵉʳ dépôt légal dans la collection : janvier 1998.
Numéro d'imprimeur : 67368.

ISBN 2-07-040391-2/Imprimé en France.